JEFFERSON
TUT, WAS ER KANN

Für Colin, der sich mit Igeln auskennt.

Jean-Claude Mourlevat

JEFFERSON TUT, WAS ER KANN

Mit Bildern von Antoine Ronzon

Aus dem Französischen von Edmund Jacoby

Verlagshaus Jacoby & Stuart

Vorab bemerkt

Das Land, in dem diese Geschichte beginnt, wird von Tieren bewohnt, die aufrecht gehen, sprechen, Bücher aus der Bibliothek entleihen, sich verlieben, SMS schreiben und zum Friseur gehen können. Im Nachbarland wohnen die Menschen, die die klügsten Tiere sind.

1

Der Renault-Transporter, der mit 45 Stundenkilometern durch den kalten Regen fuhr, hatte vermutlich noch Konrad Adenauer als Bundeskanzler gekannt. Er neigte sich etwas auf die rechte Seite, seine Karosserie in einem undefinierbaren Grün war am Ende ihrer Lebensdauer, und seine beiden runden Scheinwerfer ließen ihn wie ein trauriges kleines Tier aussehen.

Gleich nach einem Buswartehäuschen bog er links auf einen Feldweg ab und fuhr im Schritttempo bis zu dem Haus am Ende des Weges. Der Fahrer drehte, um gleich wieder zurückfahren zu können, zog die Handbremse an und hupte ein heiseres und ziemlich komisches *Honk! Honk!*.

Die ganze rechte Seite des Fahrzeugs war mit einem Bild in knalligen Farben bedeckt: rot, gelb, grün … Es stellte ein junges Schwein in einer Arbeitslatzhose dar, das fröhlich einen riesigen Schraubenschlüssel über die Schulter warf. Über seinem Kopf war in bunten Schreibschriftbuchstaben zu lesen:

Ihr Heizungsinstallateur? Gilbert!

Und in kleineren Buchstaben:
Heizkessel, Heizkörper, Lüftung ...

Darunter eine Telefonnummer.

Das Lustigste war, dass genau die Person aus der Kabine sprang, die auf der Zeichnung abgebildet war, nur ohne den Schraubenschlüssel. Sie schloss die Autotür, ohne sie zuzuknallen, trabte zur Tür und klopfte. Alles an ihr war voller Freude und Ungeduld.

»Jeff, mach auf!«

Der, der Jeff genannt wurde, konnte nichts hören. Er hatte seine Musik so laut aufgedreht, dass die Bässe die Fensterscheiben des Hauses vibrieren ließen. Gilbert erkannte *WildSauRap*, eine der besten Rap-Gruppen im Land der Tiere. Sie bestand aus drei energiegeladenen und sehr einfallsreichen jungen Wildsäuen. Ihr Titel *Das war knapp* war in den Top Ten des Jahres mit der berühmten Pointe: *»Ach du armer Tropf, wir sind versaut, und auch im Kopf!«*, was heißen sollte: Wir sind bestimmt ganz nett, aber wir haben auch was in der Birne! Die drei Künstlerinnen sollten übrigens demnächst in der Stadt auftreten.

»Jeff, mach auf! Ich bin's!«, rief Gilbert ungeduldig und klopfte an das Fenster.

Die Musik stoppte sofort, und einige Sekunden später erschien Jefferson im Türrahmen. Er war ein junger Igel, etwa 70 Zentimeter groß, was bedeutet, dass er aufrechtstehend gerade noch unter einen für Menschen gemachten Tisch gepasst hätte. Gilbert war etwa fünfzehn Zentimeter größer. Obwohl Jefferson allein zu Hause war, trug er eine perfekt gebügelte Hose, einen gelb-grün karierten Pullover und eine Tolle über der Stirn, deren Spitze er mit ein bisschen Gel kokett nach links gedreht hatte.

»Komm rein!«

»Nein, ich komme nicht rein, du kommst raus. Ich habe eine Überraschung.«

Jefferson verbarg sein Missfallen so gut es ging, denn er steckte mitten in seinen Prüfungsvorbereitungen, und der spontane Besuch seines Freundes kam ihm gar nicht gelegen.

»In Ordnung. Ich zieh nur meine Schuhe an.«

Gilbert beobachtete, wie sein Freund abwechselnd seinen rechten und seinen linken Fuß auf den kleinen Hocker stellte, der dafür vorgesehen war, und dann die Pantoffeln, die er zehn Minuten später wieder anziehen wollte, in dem Regal neben dem Eingang zurechtlegte. Gilbert, der zu der Sorte Leute gehörte, die ihre Schuhe mit der Fußspitze in die gegenüberliegende Zimmerecke zu pfeffern pflegte, hatte aufgegeben, Jefferson wegen seiner allzu großen Sorgfalt zu ärgern. Er wartete wieder einmal einfach ab, ohne eine Bemerkung zu machen, aber innerlich kochte er.

Vor dem Anblick des Lieferwagens, der vor seinem Haus stand, dem bunten Bild und vor allem dem ebenso einfachen wie einladenden Slogan *Ihr Heizungsinstallateur? Gilbert!* blieb Jefferson wie angewurzelt stehen.

»Das ist Titine!«, verkündete Gilbert stolz.

»Gehört sie dir?«

»Ja, doch wohl nicht meiner Tante! Wie gefällt sie dir?«

»Die Dekoration? Die ist super. Das Bild hat doch bestimmt deine Schwester gemalt?«

»Ja, sie kann was, nicht wahr?«

»Ja, es ist echt schön. Aber der Lieferwagen …«

»Was soll damit sein?«

Jefferson konnte nicht sagen, was er wirklich dachte: Der Wagen war offenbar am Ende, völlig erschöpft, kurz vor dem Exitus.

»Wie viele Kilometer hat er denn auf dem Tacho?«

»Jeff, es ist sehr unhöflich, eine alte Dame nach ihrem Alter zu fragen. Entschuldige dich und steig ein!«

Es war überraschend warm im Innenraum, aber das war das Mindeste, was man vom Fahrzeug eines Heizungsinstallateurs erwarten konnte. Ein weiterer Pluspunkt: Der Motor, den Gilbert nicht abgestellt hatte, lief rund.

»Man kann den Motor gut hören!«

»Wie bitte?«

»MAN KANN DEN MOTOR GUT HÖREN!!«

»Ja«, lachte Gilbert, »so kann man sicher sein, dass es einen gibt …«

Er erinnerte Jefferson daran, dass er seit einem Monat offiziell selbstständig war und dass er das kaum dreißig Jahre alte kleine Wunder von seinen Eltern geschenkt bekommen hatte, auf Empfehlung seines Cousins Roland, ja genau, des Roland, der bei Reimann-Reisen als Busfahrer arbeitete und sich verdammt gut mit Mechanik auskannte. Auf den ersten Blick wirkte der Wagen etwas altmodisch … *Und auf den zweiten noch mehr*, dachte Jefferson, als er einen Rostfleck auf dem Armaturenbrett bemerkte.

»Das, mein Herr, ist kein Rost«, stellte Gilbert, der seiner Blickrichtung gefolgt war, klar, »das ist Korrosion.«

Als der Regen stärker wurde, betätigte er die Scheibenwischer, und Jefferson musste laut lachen. Einer der beiden Wischer glitt geschmeidig über die Windschutzscheibe, während der zweite sich daran festklammerte und dann kleine Sprünge machte, sodass es aussah, als liefe er hinter seinem großen Bruder her. Viele andere hätte das beunruhigt, doch Gilbert war nicht der Typ, der sich eine Gelegenheit entgehen ließ, etwas lustig zu finden, und so hielten sich am Ende wieder einmal beide den Bauch vor Lachen. Seit der Grundschule wurde ihre Freundschaft von irren Lachanfällen begleitet. Manchmal hatten sie teuer dafür bezahlt, weil ihre Lust zu lachen größer war als die Angst, bestraft zu werden. Am Ende hatten sie fast immer als arme Sünder mit den Händen auf dem Rücken in der Ecke stehen müssen und sich vor allem nicht ansehen dürfen, weil sie sonst wieder rückfällig geworden wären.

Gilbert ist jetzt selbstständig! Jefferson ertappte sich dabei, wie er seinen Freund beneidete, der nie wieder eine Prüfung ablegen musste, nie wieder benotet werden würde. Nach drei Jahren Ausbildung hatte er seinen Beruf, er würde jetzt Geld verdienen, frei und unabhängig sein. Er konnte sich sogar vorstellen, dass er schon in naher Zukunft verheiratet sein und eine Familie haben würde. Er, Jefferson, hatte sich dagegen in ein langes Studium gestürzt, von dem er nicht wusste, wohin es ihn führen würde. Natürlich war Geografie spannend, aber er hatte noch fünf Semester bis zum Abschluss vor sich, vorausgesetzt, er verpatzte keine Prüfung.

»So, ich muss jetzt Schluss machen, Gilbert. Ich habe von Montag an meine Klausuren. Ich büffle schon seit heute Morgen. Mein Kopf ist zum Platzen voll.«

»Du büffelst, ha ha ha … und hörst dabei *WildSauRap*?«

»Hör auf, ich habe nur eine Pause gemacht. Willst du nach Hause fahren und einen Kaffee trinken?«

»Nein, ich habe nur angehalten, um dir meine Kiste zu zeigen. Ich habe eine Reparatur hier in der Nähe, und du warst auf dem Weg dahin. Und auf dem Rückweg fahre ich noch bei einer Kundin vorbei, die du übrigens kennst. Simone, du erinnerst dich, sie war mit dabei bei der Reimann-Reise.«

Natürlich erinnerte sich Jefferson! Er und Gilbert hatten sich vier Jahre zuvor für eine Reise nach Domburg im Land der Menschen angemeldet. Es war für sie die beste Möglichkeit gewesen, inkognito ihre Ermittlungen nach dem Mord an dem guten Herrn Edgar, dem Friseur von *DeliCut*, durchzuführen. Simone, eine lange, junge und etwas depressive Häsin, hatte sich in die beiden verliebt. Sie war die einzige Teilnehmerin, die allein gekommen war, und sie war, gelinde gesagt, sehr anhänglich.

»Na, gut, dann kletterst du auf einen Hocker und gibst ihr einen Kuss von mir. Und du wirst mir berichten, ob sie einen Mann gefunden hat. Ist das okay?«

Jefferson sprang aus dem Lieferwagen und flüchtete in den Hauseingang, um sich vor dem Regen zu schützen, der inzwischen doppelt so stark geworden war. Er sah, wie sich der Wagen nach einem letzten freundschaftlichen *Honk! Honk!* entfernte.

Er guckte auf seine Uhr. 17 Uhr. Er konnte noch eine gute Stunde lernen, bevor er sein Abendessen zubereiten musste. Er konnte sich nun wieder in die Kartografie des um 168 v. Chr. gestorbenen Ptolemäus vertiefen, doch er fragte sich, ob das wohl das wahre Leben war und ob es nicht besser wäre, zu lernen, wie man etwa Champignons züchtet oder Fahrräder repariert. Doch schon eine halbe Stunde später war er derart von seinem Thema eingenommen, dass er mit niemandem auf der Welt hätte tauschen wollen und dass jemand neben ihm Trompete hätte spielen können, ohne dass er das gemerkt hätte.

Dieser Ptolemäus dachte natürlich, die Erde sei völlig unbeweglich und der Mittelpunkt des Universums, doch abgesehen von diesem Blödsinn hatte er sehr wohl wunderbare Karten gezeichnet, die auch gar nicht besonders ungenau waren. Gab es davon noch Originale, die man in echt und nicht nur auf dem Bildschirm betrachten konnte? Gab es noch ältere Karten?

Während Jefferson all dies überlegte, vibrierte sein vor ihm liegendes Handy. Er stellte gleichzeitig fest, dass es 19:30 Uhr war, dass seine Augen brannten, dass er vor Hunger umkam und dass der Anrufer Gilbert war.

»Jeff, du musst ganz schnell kommen!«

»Was heißt das, schnell kommen? Wo bist du überhaupt?«

»Ich bin bei Simone. Irgendwas stimmt hier nicht.«

»Was gibt es da?«

»Eine ganz komische Sache. Komm!«

»Aber wo bist du? Ich habe doch kein Auto.«

»Nimm dein Fahrrad! Es sind nur drei Kilometer von dir. Fahr in Richtung Teich. Kurz davor biegst du nach rechts ab, und dann ist es das dritte Haus, das mit den komischen Fensterläden.«

»Gilbert, es regnet Bindfäden!«

»Nein, es regnet nicht mehr.«

Jefferson blickte aus seinem Fenster und musste zugeben, dass der Regen in der Tat aufgehört hatte.

»Also gut, ich komme …«

»Beeil dich!«

Es war Mitte Februar, und er hatte den Winter über sein Fahrrad nicht benutzt. Bei schlechtem Wetter konnte er den Bus nehmen, um in die Stadt zu kommen, oder zu Fuß gehen. Er zog es aus dem Schuppen, wo es die letzten drei Monate geschlafen hatte, prüfte, ob das Licht funktionierte, schwang sich in den Sattel und trat mit aller Kraft in die Pedale, während er Richtung Teich fuhr. Er fluchte, weil seine Hosenbeine von der nassen Straße bespritzt wurden; er würde sie morgen schon wieder in die Waschmaschine stecken müssen.

Nach der Kreuzung begann er, die Häuser zu zählen. Eins … zwei … drei … Die Fassade wurde von einem Außenlicht beleuchtet. Aha, das war er also, einer der »seltsamen« Fensterläden, im ersten Stock, am linken Fenster. Tatsächlich nahm man erst einmal nur ihn wahr. Während die anderen cremefarben waren, war dieser dunkelrot gestrichen. Offenbar hatte Simone versucht, ihn zu übermalen, dann aber davon abgelassen. Die Farbe hatte Tropfen hinterlassen, und die Leiter lag am Fuß der Hauswand im Gras, Pinsel und Farbtopf daneben. War Simone gestürzt und hatte sich ernsthaft verletzt? In dem Fall aber hätte Gilbert den Notarzt gerufen und nicht einen Geografiestudenten.

Er lehnte sein Fahrrad neben den Briefkasten, auf dem nur »Simone« stand, mit einer Blüte statt des i-Punkts.

Beim ersten Klingeln öffnete sich die Haustür, und ein leichenblasser Gilbert erschien, der sich offenkundig nicht wohlfühlte.

»Komm rein und sieh selbst!«

Jefferson zog die nassen Schuhe aus und ging hinein. Gilbert sprach ganz leise und ging auf Zehenspitzen, was sonst nicht seine Art war. Jefferson fand das äußerst beunruhigend, und er folgte mit einem ganz schlechten Bauchgefühl in einigem Abstand. Vor vier Jahren hatte er den auf den Fliesen seines Friseursalons liegenden leblosen Körper von Herrn Edgar entdeckt, mit der eigenen Schere in der Brust, und es hatte Monate gedauert, bis er sich davon erholt hatte.

Kündigte sich hier ein neuer Albtraum an? War Simone vielleicht ... tot? War sie womöglich zerstückelt worden? Hing sie an einem Haken in einem Kleiderschrank wie eine von Blaubarts Frauen? War sie mit ihrem Kopfkissen erstickt worden? War sie mit dem Staubsauger erschlagen worden? Jeffersons Fantasie ging mit ihm durch.

Sie durchquerten das Wohnzimmer. Alles war in Ordnung. Auf dem niedrigen Tischchen stand ein Nussknacker mit Schraubgewinde und eine Schale mit geknackten Nussschalen. Ein Mini-Fernseher, auf dem ein Programmheft lag. An den Wänden zwei Regale voller Bücher und Fotos von Reisen. Jefferson fand die Zeit festzustellen, dass eines davon, das sorgfältig eingerahmt war, die gesamte Reimann-Reisegruppe zeigte. Bestimmt hatte Roxane, ihre Reisegruppenführerin, es gemacht. Simone, die die größte von allen war, stand lächelnd in der hintersten Reihe.

»Sie ist da, im Arbeitszimmer ...«, flüsterte Gilbert und deutete mit dem Kinn die Richtung an.

»Findest du, dass es wirklich nötig ist, dass ich ...«, fing Jefferson an und hatte schon ganz weiche Knie.

»Geh rein. Ich hab sie gelassen, wo sie war ...«

Dieser Satz ließ keinen Zweifel mehr zu. Halb ohnmächtig stieß Jefferson ein klägliches *feeeehhh* aus, ging an seinem Freund vorbei, tat einen Schritt ins Innere des Arbeitszimmers und erblickte, was er am wenigsten vermutet hatte – nämlich gar nichts. Mit einem fragenden Blick drehte er sich um.

»Auf dem Schreibtisch, Jeff ... die Notiz.«

Er ging hin. Der Schreibtisch war aufgeräumt. Links der ausgeschaltete und zur Seite geschobene Computer mit seiner kabellosen Maus. Rechts ein Becher mit einem bunten Blumenstrauß von Stiften. Dazwischen zwei von Hand beschriebene DIN-A4-Blätter. Die Notiz begann mit »Lieber Gilbert«. Jefferson drehte sich noch einmal um.

»Genau genommen ist das für mich, Jeff, aber du kannst es ruhig lesen.«

Simone hatte eine kleine Handschrift, und Jefferson brauchte mehrere Minuten auf dem Schreibtischstuhl, um alle vier Seiten zu lesen. Als er sie zurücklegte, musste er seine Brille abnehmen und sich die Augen wischen. Wenn Gilbert nicht danebengestanden hätte, hätte er, wie er sich kannte, bestimmt mindestens zweimal beim Lesen weinen müssen.

»Die Arme, ach, die Arme, sie tut mir echt leid«, sagte er beim Aufstehen. »Ich verstehe, warum du noch einmal zurückgekommen bist.«

Gilbert stand immer noch in der Tür des Arbeitszimmers und hielt sich mit der Hand den Bauch. Er war jetzt eher grünlich als bleich.

»Ja«, seufzte er. »Und außerdem habe ich bei meinem vorherigen Kunden Krapfen gegessen. Sie haben mir eine ganze Schüssel davon hingestellt, und ich habe zugegriffen, als ich den Kessel repariert habe.«

»Hast du viele davon gegessen?«

»Ja, siebzehn, glaub ich.«

2

Lieber Gilbert,

zunächst einmal bitte ich um Entschuldigung für meine kleine Lüge: In meinem Haus gibt es gar nichts zu reparieren. Den ganzen Winter über hatte ich 19 °C im Wohn- und 16 °C im Schlafzimmer; die Heizkörper funktionieren sehr gut. Oder eigentlich doch: Bei mir gibt es viel zu reparieren, doch das ist eine Arbeit, die auch den besten Heizungstechniker überfordern würde.

Ich will versuchen, Ihnen das zu erklären, ohne meine Wenigkeit allzu sehr zu bedauern. Ich habe schon sehr früh meine Eltern verloren; sie waren recht alt, als sie mich bekommen haben, und sie hatten beide eine schwache Gesundheit, was sie mir übrigens vererbt haben. Sie kennen bestimmt das Lied: »Meine Milz wird immer dicker, und der Magen ist ganz platt …«

Das ist bestimmt auf mich gemünzt gewesen. Wenn ich kein Halsweh mehr habe, tun mir die Knie weh, wenn ich aufhöre zu husten, bekomme ich ein Ziehen in den Unterarmen, und das wandert nach oben und unten, aber es hört nicht auf. Und vor allem habe ich ein großes Problem mit meinen Gelenken.

Ich habe weder Onkel noch Tanten, weder Vettern noch Cousinen, weder Nichten noch Neffen. Ich glaube, ich bin die letzte Vertreterin meiner Familie, die sich zwar wie durch ein Wunder über Generationen gehalten hat, deren Schicksal aber nun an einem Faden hängt: an mir.

Wenn man auch keine Familie hat, so gibt es doch Freunde!, werden Sie sagen, und das habe ich selbst auch geglaubt. Aber Sie werden lachen, ich habe nie welche gehabt. Ich glaube, ich mache anderen Angst. Ich amüsiere die Leute, sie machen sich lustig über mich, ich weiß. Ich bin ja nicht blöd. Sie lachen über meine langen hängenden Ohren, meine langen Beine, darüber, wie dünn ich bin, aber sie meinen es nicht böse, ich komme damit zurecht. Die Leute mögen mich, sie freuen sich, mich kennengelernt zu haben, aber dabei bleibt es dann, verstehen Sie? Ich glaube, ich ermüde sie, ich bin zu fordernd.

Ich hätte auch lieber nicht allein gelebt.

Ich habe bei jeder Menge Freizeitaktivitäten mitgemacht, in der Hoffnung, dabei jemandem zu begegnen. Ich habe Stretching, Yoga und Qigong gemacht, ich habe einen Einrad-Kurs belegt, Chinesisch gelernt und an einem Backkurs teilgenommen, ich habe Seemannsknoten und Seerosen fotografieren und Eier bemalen gelernt … und wenn es einen Ferienkurs für »Skulpturen aus Kohlstrünken« gegeben hätte, hätte ich auch den belegt. Ich habe an mehr als zwanzig Gruppenreisen teilgenommen, doch die meisten Leute nehmen als Paare daran teil, und die, die einzeln kommen, sind genauso bescheuert wie ich. Im Endeffekt habe ich wieder allein vor dem Fernseher gesessen.

Nach unserer Reise nach Domburg vor vier Jahren habe ich gedacht, wir könnten in Kontakt bleiben, also wir Reimanns von den Reimann-Reisen. Unser Abenteuer war ja sowas von außerordentlich, und ich zögere nicht, diese Woche eine der schönsten meines Lebens zu nennen. Ich erinnere mich besonders an den Tag, den wir damit verbracht haben, zu dritt durch die Altstadt zu wandern, im Sonnenschein, Sie, Ihr Freund Jefferson und ich. Was für ein charmanter Junge, dieser Jefferson! Vielleicht eine Spur zu empfindlich und ein bisschen kurzbeinig, aber so nett! Ich gestehe, ich war ihm ganz verfallen, sagen Sie ihm das bitte nicht … Und seien Sie ehrlich und geben Sie zu, dass ich Ihnen damals auf die Nerven gegangen bin und dass sie es auch recht gut ohne mich ausgehalten hätten, während ich wie ein Blutegel an Ihnen klebte. Ich sah Ihre Freundschaft, und das machte mich traurig, da ich wusste, dass ich niemals so etwas erleben würde.

Ja, ich habe wirklich geglaubt, dass sich das nach unserer Heimkehr würde fortsetzen lassen, aber nein, das beschränkte sich auf unser kleines Fest, bei dem wir die Fotos angesehen haben. Sie müssen es seltsam finden, dass ich dieser Reimann-Gruppenreise solche Bedeutung gebe, unserem wunderbaren Zusammenhalt. Das liegt daran, dass ich mich zu Hause dann sehr einsam gefühlt habe. Sie hatten alle etwas anderes zu tun, ich nicht.

Danach habe ich zwei schwierige Jahre gehabt. Ich habe weiter bei der Post gearbeitet, aber ich habe auch angefangen, Fantasieschmuck zu fabrizieren, und an einem Sommertag habe ich mir ein Herz gefasst und bin zum Markt gefahren, um die Sachen zu verkaufen. Und da ist es passiert …

Mein lieber Gilbert, ich habe heute morgen mein Haus verlassen, und ich weiß nicht, wann ich zurückkommen werde, noch, ob ich zurückkommen werde. Ich kann Ihnen nicht sagen, wo ich bin, auch nicht, bei wem, noch, was ich jetzt mache. Ich bin nicht sicher, ob Sie das gut fänden. Das macht die Sache schrecklich geheimnisvoll, verzeihen Sie mir.

Dieser Brief möchte Sie fragen, ob sie auf mein Haus achten könnten, solange ich nicht da bin. Im Winter Schnee und Eis entfernen, die Wasserleitungen im Auge behalten, also all diese praktischen Dinge. Im selben Umschlag finden Sie auch einen auf Sie ausgestellten Scheck, tragen Sie ein, was Sie für Ihre Tätigkeiten in Rechnung stellen, und lösen ihn ein. Ich werde Ihnen alle sechs Monate einen neuen schicken. Wenn Sie mir aber nicht diesen Dienst erweisen möchten, was ich gut verstehen könnte, würde ich Ihnen das keineswegs übelnehmen. Dann ist es egal, was mit dem Haus passiert. Mir läge mehr an ihm, wenn ich dort glücklich gewesen wäre, aber das war nicht der Fall. Vor einer Woche wollte ich die Fensterläden neu streichen, ich bin gefallen und habe mir wehgetan. Dieser Tropfen Farbe hat das Fass zum Überlaufen gebracht, an dem Tag habe ich meine Entscheidung getroffen.

Dieser Brief hat noch einen weiteren Zweck: Ich möchte nicht so unbemerkt von hier weggehen, wie ich gelebt habe.

Ich umarme Sie freundschaftlich, ebenso wie Ihren Freund Jefferson und alle Reimanns.

Simone

P.S.: Bitte stellen Sie die Heizkörper aus, wenn Sie gehen. Ich habe sie angelassen, damit Sie meinen Brief im Warmen lesen können, so als hätte ich Sie selbst empfangen. Und schließen Sie bitte die Haustür und verstecken den Schlüssel in einem der alten Wanderstiefel, die im Schuppen an Nägeln hängen, wenn man hineingeht, links.

3

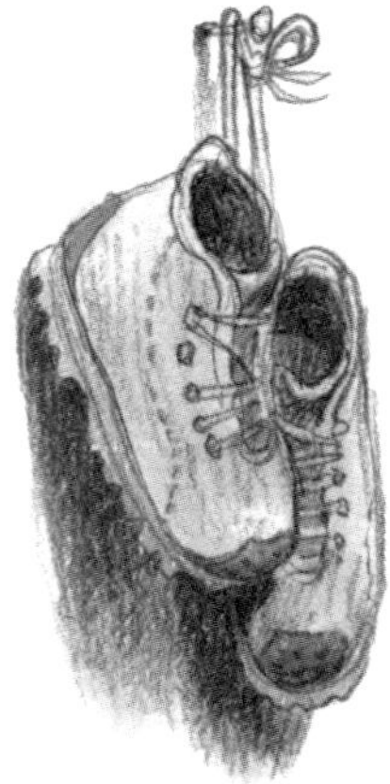

Die ganze folgende Woche sahen sich Gilbert und Jefferson nicht mehr.

Ersterer hatte dermaßen viel zu tun, dass er kaum Zeit zu essen und zu schlafen hatte. Er war mit Leib und Seele bei seiner Arbeit, denn er wollte sich einen festen Kundenstamm aufbauen und Erfolg haben. Sein geheimer Traum war, dass man so von ihm redete: *Gilbert? Er ist sympathisch, er arbeitet gut und kommt sofort!* Er nahm klaglos jeden Auftrag an, und er war wirklich schnell. Kaum war der Hörer aufgelegt, da ließ sich schon das fröhliche *Honk! Honk!* seines Lieferwagens vernehmen, der gerade vor dem Haus einparkte.

Jefferson brach ebenfalls fast unter der Arbeit für die Zwischenprüfung in Geografie zusammen. Eine irre Woche: Jeden Tag rissen ihn zwei Wecker (einmal der übliche und dann der zweite zur Sicherheit) um sechs Uhr morgens aus dem Schlaf. Um sieben nahm er den Bus zur Universität, und dann verbrachte er den Tag im Hörsaal, gebeugt über sein Aufgabenblatt, wie seine Kurskolleginnen und -kollegen. Am Ende des Nachmittags kam er wieder nach Hause, mit dem Gefühl, nicht gut gewesen zu sein, es nicht geschafft zu haben. Dann weinte er ein bisschen, nahm sich wieder zusammen und begann erneut, für den nächsten Tag zu lernen.

Doch das hinderte weder den einen noch den anderen daran, jeden Tag an Simone zu denken, vor allem am Abend vor dem Einschlafen.

Bevor sie sich trennten, hatten sie die Leiter, den Farbtopf und den Pinsel weggeräumt, die Heizkörper ausgedreht, den Strom abgestellt, die Haustür abgeschlossen und den Schlüssel im Schuppen gelassen, so wie sie es gewünscht hatte. Sie hatten versucht, ganz ruhig zu bleiben, doch dieser Aufbruch hatte etwas Seltsames, das ihnen keine Ruhe ließ.

Am Samstagabend konnten sie sich endlich wieder treffen, um im *Vesuvio* eine Pizza zu essen. Marco, der Wirt, war ein sympathischer jovialer Esel, der die Angewohnheit hatte, alle Welt mit »Chef« anzureden. Gilbert fragte ihn, ob sie den ruhigen kleinen Tisch am Ende des Raums haben könnten, und er antwortete mit seinem südländischen Akzent:

»Aber klar doch, Chef! Den Tisch der Verliebten!«

Die beiden Freunde begannen, ihre jeweiligen Neuigkeiten auszutauschen. Gilbert erklärte, es liefe bei ihm wie geschmiert, doch er hätte immer noch total Schiss, auf einer Baustelle einen Fehler zu machen. Dass er diese Angst hatte, wurde dadurch bewiesen, dass er geträumt hatte, er müsste bei ihrem alten Grundschullehrer (dem, der sie in der Ecke stehen ließ) eine Fußbodenheizung installieren, dass daraufhin überall im Haus Wasser spritzte und er deshalb sogar die Steckdosen entfernen musste! Während er das erzählte, musste er so laut lachen, dass die Leute von allen Tischen sich zu ihnen umdrehten.

Bei Jefferson war es weniger lustig. Er war sicher, dass er durch die Prüfung fallen würde. In dem Test mit den meisten Punkten hatte er Slowenien mit der Slowakei verwechselt! Unverzeihlich. Die Ergebnisse würden erst in drei Wochen bekannt gegeben werden, doch er machte sich keinerlei Illusionen. Gilbert erinnerte ihn daran, dass er seit dem Abitur sein Scheitern vorhergesagt und trotzdem noch immer alles geschafft habe. Jefferson gab zu, dass das stimmte, doch diesmal seien alle seine Hoffnungen »gestorben, mausetot«.

Dann kamen sie auf Simone zu sprechen. Gilbert erzählte noch einmal, wie überrascht er gewesen war, eine Nachricht von ihr auf sein Handy zu erhalten, vor zwei Wochen. Sie hatte (so wie alle!) seinen Lieferwagen vorbeifahren gesehen und die Telefonnummer notiert. Sie fragte ihn, ob er für eine kleine Reparatur vorbeikommen könne. Er hatte zugesagt. Und sie hatte von sich aus den Termin festgelegt.

»Und ihre letzte Nachricht, war das die, die du an dem Tag gekriegt hast, an dem du hin bist?«

»Ja, ich hab sie dir ja gezeigt, sie lautete: *Die Tür wird offen sein. Sie brauchen nur hineinzugehen.* Ich fand das komisch, aber was soll's. Seitdem reagiert ihr Handy nicht mehr. Und auf dem Couchtisch im Wohnzimmer habe ich diesen Post-it-Zettel gefunden. Ich habe ihn aufgehoben, guck mal: *Gehen Sie in mein Arbeitszimmer!* Mit einem Pfeil, um die Richtung anzuzeigen, als ob ich es nicht selbst finden könnte! Denn das Haus von Simone ist nicht gerade das Schloss von Versailles. Es hat nur drei Zimmer, man kann sich da nicht verlaufen!«

»Und du bist hingegangen.«

»Wohin? Nach Versailles?«

»Nein, in ihr Arbeitszimmer.«

»Ja, da bin ich hin. Das war ja so eine Art Schnitzeljagd, aber eine Schnitzeljagd, bei der man Gänsehaut kriegen konnte, verstehst du? Deshalb habe ich dir auch ein bisschen Angst eingejagt, als du gekommen bist, damit du gleichziehst.«

»Danke.«

»Sehr gern.«

Marco brachte selbst, was sie bestellt hatten: Zwei Pizzen Champignons-Artischocken, ein Bier für Gilbert und eine Limonade für Jefferson. Nach zwei Happen, zwei Schlucken und einer kurzen Pause fing Jefferson wieder an.

»Gilbert?«

»Ja, Igel, spuck's aus!«

»Bist du damit einverstanden, dich um Simones Haus zu kümmern?«

»Na klar. Ich finde es irgendwie rührend, dass sie es mir anvertraut hat, obwohl sie mich so gut wie nicht kannte. Und dass sie von uns beiden dich am liebsten gemocht hat, das hat sie geschrieben.«

»Hör schon auf! Kannst du dir mich etwa mit Simone vorstellen? Ich geh ihr gerade mal bis zur Hüfte.«

Nachdem sie die üblichen Späße gemacht hatten, kamen sie zwangsläufig auf das zurück, was sie am meisten beunruhigte. Gilbert fing damit an.

»Sag mal, Jeff, was schätzt du, wo Simone hin ist?«

Jefferson schüttelte den Kopf. »Ich habe nicht die geringste Ahnung. Sie hat keine Familie und keine Freunde, die ihr helfen könnten, und sie fährt … Wie ist sie eigentlich weggefahren? Du erinnerst dich, sie hatte keinen Führerschein.«

»Nein, aber ich habe Reifenspuren vor ihrem Haus gesehen. Jemand hat sie mitgenommen, oder sie hat einen Wagen, für den man keinen Führerschein braucht, du weißt, eine von diesen Seifenkisten, die nicht mehr als 25 Stundenkilometer fahren dürfen.«

»Ach ja, so wie dein Lieferwagen.«

»Jeff, ich sag es dir noch einmal: Du kannst meine Schwester beleidigen, du kannst meinen Vater und meine Mutter beleidigen, aber nicht meinen Lieferwagen! Außerdem macht der locker mehr als 60 Stundenkilometer.«

Jefferson begnügte sich damit, höflich zu lächeln, dann fuhr er fort: »Was ich das Beunruhigendste an ihrem Brief fand, ist das *Ich bin mir nicht sicher, ob Sie das gut finden würden.* Hat sie das wirklich geschrieben?«

Gilbert zog die beiden Blätter, die er in der Innentasche seiner Jacke aufbewahrte, heraus und überprüfte sie.

»Genau das hat sie geschrieben: Ich bin mir nicht sicher, ob Sie das gut finden würden.«

»Nun ja. Das ist eine Litotes.«

»Eine was?«

»Eine Litotes, eine rhetorische Figur, eine Untertreibung. Das ist, wie wenn es 15 Grad minus sind und du sagst: Es ist nicht gerade warm. Du untertreibst also. Ich bin mir nicht sicher, ob Sie das gut finden würden, bedeutet in Wirklichkeit: Ich bin mir sicher, dass sie das nicht gut finden werden. Kurz, Simone weiß genau, dass das, was sie da macht, nicht gut ist. Und das gefällt mir nicht.«

»Mir auch nicht, Jeff, das gefällt mir gar nicht. Und ich fühle mich gar nicht wohl, weil sie vor vier Jahren auf uns gesetzt hat, und wir haben das nicht ernst genug genommen. Irgendwie haben wir sie fallen lassen ... Was kann man für sie tun?«

Jeffersons Schweigen war beredt. Er hatte keine Ahnung.

In diesem Moment blieb ihm plötzlich die Luft weg, und eine mächtige Stimme erfüllte die Pizzeria: »Das ist meine Nichte! Da, die da links, das ist meine Nichte!«

»Nicht wahr!«, flüsterte Gilbert. »Walter Schmitt und seine Frau!«

Jefferson blickte über seine Schulter und stellte fest, dass die beiden Gäste, die gerade hereingekommen waren, ihnen in der Tat nicht unbekannt waren.

Dieses Wildschweinpaar mit seinen massiven Körpern hatte an der Reimann-Gruppenreise teilgenommen, einer Gruppenreise, die übrigens zu einer gefährlichen Expedition geworden war. Walter gehörte zu der Sorte Personen, wie man sie fast in jeder Familie findet, ein lustiger und etwas ungeschickter Onkel, bei dem man sich jederzeit auf seinen neuesten Spaß gefasst machen musste. »Aber nicht doch! Aber doch!« Seine Frau war die Erste, die darüber lachte, auch wenn sie ihn mit einem – wenig überzeugenden – »Hör auf, Schatz« zurückzuhalten versuchte.

Walter hatte mit seinem Finger auf ein mit Tesa an die Scheibe geklebtes Plakat gezeigt, das ankündigte: *WildSauRap* im *Cosmos*. Unten darauf war ein Streifen geklebt: AUSVERKAUFT.

»Du sagst es, ausverkauft!«, jubelte Walter. »Sie könnten drei *Cosmosse* füllen. Ja, sie ist die ganz links! Die mit der zerrissenen Jeans! Das ist meine Nichte!«

Die Gäste an den Tischen, die er so zu seinen Zeugen machte, zweifelten keinen Moment daran, dass er die Wahrheit sprach: Die Ähnlichkeit der jungen Wildsau mit ihrem Onkel sprang sofort ins Auge und ließ einen lächeln. Dasselbe entschlossene Gesicht, dieselbe Lebensfreude, und bestimmt auch dieselbe Dreistigkeit!

»Sie heißt Marie-Claude. Aber sie würde nicht wollen, dass ich es sage; ihr Künstlername ist *Die Wunde*. Auf dem Foto sieht sie ganz böse aus, aber das gehört nun mal dazu. Sie ist ein gutes Mädchen. Die links heißt Sause, wie Sau, aber irgendwie noch mehr; sie hat es mir selbst erklärt. Und die in der Mitte …«

Plötzlich hielt er inne, denn er hatte Gilbert entdeckt, und das hatte ihm die Sprache verschlagen. Er breitete die Arme weit aus und ging auf Gilbert zu, zuerst stumm, dann mit den Worten: »Aber wen haben wir denn da? Der brave Gilbert, unser heldenhafter Fahrer! Und der gute Williamson!«

»Jefferson, Schatz«, verbesserte ihn seine Frau.

»Ja natürlich, Jefferson! Was machen Sie denn hier?«

»Nun ja«, antwortete Gilbert, »es wird sie vielleicht erstaunen, aber wir essen gerade eine Pizza.«

Glücklicherweise war es nicht möglich, noch zwei Stühle an ihren kleinen Tisch zu stellen, und die Schmitts mussten am anderen Ende des Raums Platz nehmen. Walter nahm sich aber die Zeit, zuvor noch seine Visitenkarte an die Wasserkaraffe zu stellen, wobei er brüllte:

»Wir sollten uns wieder treffen, alle! Ja, wir sollten uns treffen …«

Jefferson, der sehr gute Ohren hatte, hörte, wie ihr Tischnachbar seiner Frau zuflüsterte:

»Das ist eine gute Idee, aber ich weiß nicht, ob ich Zeit habe.«

Jefferson und Gilbert hatten sich gehütet, Simone und ihr Verschwinden zu erwähnen, doch sobald sie die Schmitts los waren, kamen sie darauf zurück.

»Sag mal, Gilbert, glaubst du, wir sollten vielleicht die Polizei einschalten?«

»Wozu denn? Die werden dich nur auslachen. Simone ist volljährig und ist ganz freiwillig weggegangen. Nimmst du einen Nachtisch?«

»Äh, ja, das Tiramisu, glaube ich. Und du? Vielleicht ein Dutzend Krapfen?«

Gilbert brach in schallendes Gelächter aus und tat so, als würde er sich heimlich übergeben.

»Nein, ich nehme auch ein Tiramisu. Die machen das hier selbst.«

»Wir könnten doch wenigstens herauszufinden versuchen, wohin sie gegangen ist«, fuhr Jefferson fort. »Sie hat doch bestimmt einen Hinweis hinterlassen, wir bräuchten doch nur …«

»In ihren Sachen wühlen? Kommt nicht in die Tüte; sie hat mir ihr Haus anvertraut, damit ich mich darum kümmere, und nicht, damit ich ihre Schubladen durchsuche! Das ist meine Berufsehre als Heizungsklempner, mein Junge, und damit spaße ich nicht!«

Da jetzt für zwei Wochen vorlesungsfreie Zeit war, begann Jefferson wieder, zu sich zu kommen: Jeden Morgen gründlich ausschlafen, Krimis lesen, Kreuzworträtsel lösen, kochen. Zweimal ging er mit Studienfreunden zum Bowling, er brachte seinen Haushalt in Ordnung, und er bekam Besuch von seiner Schwester Chelsea, die eine große Dose mit selbstgebackenen Plätzchen dabeihatte, die sie zusammen bis zum letzten aufaßen wie in ihren Kindertagen.

In der Gegend herrschte jetzt ein kaltes, aber sonniges Wetter, und er nutzte es, um die sonnige Landschaft mit dem Rad zu erkunden, gut eingemummelt in seine Wetterjacke. Ein paar Mal führte ihn einer seiner Ausflüge zum Ufer des Teichs. Am Freitagabend dann, vor seinem Teller mit Spaghetti, musste er sich eingestehen, dass er seit sechs Tagen nur an eins dachte, und er sagte zu sich mit lauter Stimme: »Ich gehe hin, morgen gehe ich hin.«

Das Haus hatte sich seit letzter Woche nicht verändert. Keine Spur von jemandem, der da war oder da gewesen war. Er versteckte sein Fahrrad hinter dem Haus, um keine Aufmerksamkeit zu erregen.

Gilbert hatte recht gehabt; auf der Erde waren Reifenspuren zu erkennen. Als er sich bückte, konnte er erkennen, dass sie zur Garage führten oder von dort kamen. Er stellte sich vor, wie Simone ihre langen Beine in dem kleinen Auto verstaute, das sie im Tierland ohne Führerschein fahren durfte, und ganz allein verschwand. Hatte sie Herzstiche gehabt? Hatte sie sich noch einmal umgesehen? Oder war sie bereits freudig auf dem Weg in eine glücklichere Zukunft?

Wie spannend es doch war, solche Überlegungen anzustellen, wie ein Detektiv!, dachte Jefferson und richtete seine Schritte mit einer Miene, die er gescheit fand, zum Schuppen. Er stieß die Tür auf und blickte über das Durcheinander in dem kleinen Raum: Ein Fahrrad, ein bequemer Sessel in schlechtem Zustand, ein Gartentisch mit seinen vier Plastikstühlen … Er steckte seine Hand in einen der an Nägeln hängenden Wanderstiefel und fand den Schlüssel.

Es kribbelte wie lauter Ameisen in seinem Bauch, als er ihn im Schloss herumdrehte. *Was machst du da, Jefferson?*, fragte er sich. Damit er nicht aufgab, musste er für sich wiederholen, was er sich am Abend zuvor gesagt hatte: *Du machst es für sie … Sie ist in Gefahr …* Er war entschlossen, ihr zu helfen, auch wenn sie das gar nicht wollte. Egal was Gilbert davon hielt.

Es war halb eins, er hatte noch Stunden Zeit, wenn er wollte. *Auf geht's, Igel!*, rief er sich selbst zu und machte sich an die Arbeit.

Er begann damit, sich die Fotos genauer anzusehen, die Simone ausgesucht hatte, um sie auf den Regalen oder an der Wand auszustellen. Er kannte schon das aus Domburg. Die meisten übrigen stammten von Reisen. Holla, Simone hatte ihr staunendes Gesicht mit den zwei großen Ohren schon recht weit spazierengeführt, offenbar bis nach Asien! Mehrere Bilder zeigten sie mit Rucksack und Stöcken auf Wanderwegen, mal allein, mal in Begleitung. Er stellte fest, dass dieselbe Person drei Mal auf den Fotos auftauchte und immerhin so vertraut mit Simone war, dass sie sie an der Schulter hielt. Es handelte sich um eine recht magere Menschenfrau mit kurzen Haaren. Jefferson fand, dass ihr Lächeln etwas gezwungen, genauer gesagt sogar falsch wirkte. Instinktiv fand er sie unsympathisch. Er machte ein Handyfoto von ihr.

In der Küche gab es nur einen einzigen Stuhl. Jefferson wurde dabei bewusst, dass es bei ihm, obwohl er allein lebte, schon immer zwei gegeben hatte, »für alle Fälle«. Simone hatte das aufgegeben. Der Kühlschrank stand offen und war leer, abgesehen von einem Glas Senf und einem Bündel Kräutern. Auf der Tür befand sich ein Magnetbild mit der Skyline von Domburg.

Dann ging er zum Schlafzimmer, drückte die Klinke hinunter, blieb aber zunächst ängstlich auf der Schwelle stehen.

Das Bett war gemacht, die Kommode geschlossen, der Vorhang aufgezogen. Alles atmete Ordnung, Sorgfalt und Einsamkeit.

Auf dem Nachttisch stand ein eingerahmtes Familienbild. Er trat näher. Man sah darauf die kleine – oder besser die große, aber noch kindliche – Simone zwischen ihren Eltern, die eher wie Großeltern aussahen. Alle drei standen und schienen sich nicht besonders wohlzufühlen. Simone hielt sich mit einer Hand an dem Kleid ihrer Mutter und mit der anderen am Ärmel ihres Vaters fest, als sei sie an sie angeheftet. Jefferson fand, dass sie traurig aussahen, aber vielleicht bildete er sich das ja nur ein.

Schließlich das Arbeitszimmer. Ein Dutzend Aktenmappen lagen aufeinander auf einem niedrigen Tischchen. Er zog eine heraus, auf der *Lepobank* stand. Das war die Bank der Hasen im Land der Tiere.

»Dann schauen wir doch mal …«, entfuhr es ihm in einem etwas vorwitzigen Ton, als er sich setzte, und er fragte sich, ob er nicht doch ein wenig zu weit ging.

Die Kontoauszüge verrieten keine großen Aktivitäten. Es gab kaum Bewegungen, wenige Zahlungseingänge und wenige Zahlungsausgänge. Sie lebte sehr bescheiden.

Überraschend war ihr sehr komfortabler Kontostand. Ihre Eltern hatten ihr deutlich mehr hinterlassen als nur ihre schwache Gesundheit. Sie hatten ihr einziges Kind sogar für viele Jahre aller Sorgen enthoben. Eine Sache machte Jefferson allerdings neugierig: Eine regelmäßige monatliche Überweisung in Höhe von 4000 TK (Tierkronen) mit dem Betreff »Uebw.Somena«. Die Höhe der Summe war alles andere als selbstverständlich; sie betrug etwa das Doppelte von Simones Monatsgehalt. Es konnte sich nicht um eine Miete

handeln, denn das Häuschen gehörte Simone. Also worum handelte es sich? »Uebw« bedeutete zweifellos Überweisung. Doch »Somena«? Auch hier machte er ein Foto, damit er es nicht vergaß.

Als er wieder im Schuppen stand, war er sich nicht sicher, ob er weitergekommen war. Er warf den Schlüssel in einen der Wanderstiefel, sprang auf sein Fahrrad und radelte los.

4

»Das ist ja komisch! Ich war gestern im Haus, um nach dem Rechten zu sehen, und habe den Schlüssel im rechten Stiefel gefunden, dabei hatte ich ihn in den linken Stiefel geworfen! Und ich habe nicht geträumt. So etwas behalte ich gut. In meinem Beruf ist es sehr wichtig, rechts und links zu unterscheiden. Wenn ein Ventil sich nach rechts öffnet, kann es sich nicht nach links öffnen. Jemand war bei Simone und hat diesen Schlüssel benutzt! Etwas anderes ist gar nicht möglich!«

Je länger Gilbert sich über diese Sache mit dem Schlüssel und dem Stiefel ereiferte, desto mehr sackte Jefferson auf seinem Sofa in sich zusammen. Er konnte nicht lügen, denn man konnte ihm jede Lüge sofort im Gesicht ansehen, und wenn Gilbert nicht am Telefon wäre, sondern ihm gegenübersäße, hätte er es gar nicht erst versucht.

»Ja«, murmelte er, »es muss sich um eine Person handeln, die weiß, wo Simone ihren Schlüssel versteckt, und davon gibt es bestimmt keine fünfzig …«

Während er dies sagte, wurde er rot wie eine Tomate. Gilbert war einen Moment lang still, so als habe er auf die Entfernung gespürt, wie peinlich ihm das war, dann fragte er geradeheraus: »Jeff, warst du da?«

»Aber nein, überhaupt nicht!«

»Du wolltest es aber, gib's zu!«

»Ja, aber zwischen Wollen und Tun gibt es einen Unterschied. Das ist eine Frage der Moral, wie du gesagt hast.«

Wenn er sich ganz in seinen Kakaobecher hätte verkriechen können, hätte er es getan. Er legte auf und gelobte sich, Gilbert die Wahrheit zu sagen. Später.

»Na, dann sehen wir mal«, dachte er laut, um wieder in die Haut des erfolgreichen Detektivs zu schlüpfen und zugleich die eines kleinen Igels abzustreifen, der sich seiner Lügen schämt.

Die beiden Spuren, auf die er vielleicht gestoßen war, brachten ihn nicht weiter. Was die erste anbetraf, so gab es keine Möglichkeit, die Menschenfrau zu identifizieren, an deren Kopf er sich schon nicht mehr erinnern konnte, und was die zweite anbetraf, so hatten seine Internetrecherchen zu der rätselhaften Somena nichts ergeben. Es blieb nur eine Möglichkeit, um etwas über Simone und ihr Leben in den letzten Wochen vor ihrem Weggang zu erfahren.

Wenn er sich beeilte, konnte er noch den Bus um 15:40 Uhr erwischen. Er zog sich so schnell es ging an, stürzte den restlichen Kakao hinunter und rannte den Feldweg entlang zu der Bushaltestelle an der Landstraße. Er kam gleichzeitig mit dem Bus an und stieg ganz außer Atem ein.

»Uff!«, sagte er ungefragt zum Fahrer, »da habe ich Glück gehabt, dass ich den Bus nicht verpasst habe, ich habe eine sehr wichtige Verabredung, wegen Recherchen in einem Kriminalfall.«

Das mit den Lügen, das ist so wie bei Gilbert mit den Krapfen, sagte er sich, *wenn man einmal anfängt, kann man gar nicht mehr aufhören.*

In der Stadt gab es drei Postämter. Bei den beiden ersten hatte Jefferson Pech. Niemand hatte dort von einer Simone gehört. Das dritte und letzte war das kleinste, eingezwängt zwischen einem Waschsalon und einer Konditorei. Er war noch nie dort gewesen. Hatte sie dort gearbeitet?

Er stieß die Drehtür auf und befand sich nun vor einem Tresen, der mit drei Postangestellten besetzt war, alle drei Häsinnen. Man muss wissen, dass im Land der Tiere jede Art mit einem bestimmten Beruf zu tun hatte. Polizistinnen und Polizisten waren fast alle dänische Doggen; die Pferde stellten die Journalisten; die Dachse waren entweder Friseure oder Lehrerinnen, die Fotografinnen waren allesamt Katzen, und wenn ihr einen Arzt aufsuchen müsst, stehen die Chancen neun zu eins, dass ihr es mit einem Schaf zu tun bekommt.

»Bitteschön«, sprach ihn die ganz rechts an, »möchten Sie Briefmarken kaufen?«

Er näherte sich und stieg auf das Fußbänkchen, das für die kleinen Tiere bereitstand.

»Nein, ich möchte …«

»Es ist nur, weil wir gerade sehr schöne Briefmarken bekommen haben. Sie zeigen Musikinstrumente, sehen Sie einmal! Sie sind nicht teurer als normale Marken.«

»Sehr schön, aber ich wollte eigentlich …«

»Da haben Sie die Trompete, das Klavier … und die elektrische Gitarre, ha ha ha! Mein Sohn spielt eine … sagen wir

einmal, er macht Krach damit, ha ha ha! Meinten Sie, es geht um ein Paket?«

»Nein, auch nicht, ich ...«

»Weil ich Ihnen kein Paket abnehmen kann, wenn Sie noch keinen Paketschein ausgefüllt haben. Tut mir leid, das kann ich nicht.«

»Nein, ich komme nicht wegen eines Pa...«

»Sie kommen wegen einer Adressänderung, also einem Nachsendeantrag. Nun, da müssen Sie wissen, junger Mann ...«

Gut, ich warte jetzt, sagte sich Jefferson, *bis sie erschöpft ist, sie muss ja an ihre Grenzen kommen.* Er nutzte die Gelegenheit, um einen Blick auf ihre beiden Nachbarinnen zu werfen. Insbesondere auf die links am anderen Ende des Tresens. Das war eine junge Häsin mit einem erstaunlich beweglichen und ausdrucksstarken Gesicht. Sie wechselte in Überschallgeschwindigkeit hin und her zwischen einem kleinen genierten Lächeln, Überraschung, einer misstrauisch gerümpften Nase und einem komplizenhaften Augenzwinkern. Ihre Schneidezähne blinkten alle zwei Sekunden aus ihrem Mund, weiß und scharf. Jefferson fand sie ebenso lustig wie sympathisch, und er bedauerte, nicht an sie geraten zu sein.

Als er seine Aufmerksamkeit wieder der schwer erträglichen Dauerrednerin zuwandte, sagte die gerade: »... und wie jeder weiß, nicht wahr, macht fünfzehn und fünfzehn dreißig«, und man konnte nicht sagen, wovon sie gerade redete und wie sie dazu gekommen war. Jefferson beschloss, sie zu unterbrechen, das war vielleicht nicht besonders höflich, aber er wollte nicht den ganzen Abend hier verbringen.

»Entschuldigen Sie bitte, aber ich wollte nur wissen, ob Simone hier gearbeitet hat.«

Nie hätte er sich vorstellen können, dass diese paar Worte den in voller Fahrt befindlichen Zug stoppen könnten. Die Hasendame erstarrte auf einmal. Ton und Bild fielen gleichzeitig aus.

»Ja.«

»Sie wollen sagen, dass sie hier gearbeitet hat?«

»Ja.«

Also gut, vom Niagarafall direkt zum Tröpfeln eines undichten Wasserhahns.

»Und können Sie mir vielleicht sagen, wo ich sie finden kann? Sie ist eine Freundin, und ...«

»Nein.«

»Ach schade, es ist nur, weil sie einfach weggefahren ist, ohne zu sagen, wohin ... Sie verstehen ... sie ist verschwunden.«

»Ich weiß nichts.«

»Haben Sie vielleicht in der letzten Zeit eine Veränderung bei ihr festgestellt?«

»Nein. Und entschuldigen Sie jetzt bitte, hinter Ihnen warten Kunden.«

Er drehte sich um, um sich zu vergewissern. Die Kunden mussten alle Verwandte des Unsichtbaren Mannes sein.

Bevor er das Viertel verließ, und natürlich, um sich über seinen Misserfolg hinwegzutrösten, ließ er sich von dem Gebäck verführen, das ihn aus dem Schaufenster nebenan anlachte. Er ging hinein, schwankte eine Weile zwischen einem Windbeutel und einer Cremeschnitte und entschied sich schließlich für ein gefülltes Blätterteigteilchen.

»Dann nehmen Sie doch einen Pappteller und essen es hier«, schlug ihm das freundliche Konditorhuhn vor und zeigte auf einen kleinen Metalltisch. »Dann kann es nicht passieren, dass die Hälfte der Creme auf dem Bürgersteig landet.«

Er nahm das Angebot an. Die Dame war doch eine, die das Leben kannte. Er nahm sich also Zeit zum Genießen, ohne zu ahnen, dass seine Verschlecktheit ihm ausnahmsweise einen Gefallen tun würde. In der Tat, als er zehn Minuten später zur Bushaltstelle ging und sich den Mund mit einem Papiertaschentuch abwischte, hörte er, wie jemand hinter ihm her trippelte und ihn dann ansprach:

»Bitte warten Sie doch …«

Und schon lief die junge Häsin von der Post neben ihm her.

»Entschuldigen Sie bitte, aber ich komme gerade von der Arbeit und habe Sie hier gesehen, da …«

Sie war nicht so groß wie Simone, doch sie war immer noch einen guten Kopf größer als Jefferson. Ihre Redeweise war abgehackt und nervös, wie die ganze Person.

»Ich muss mit Ihnen reden …«

»Natürlich – geht es vielleicht um Simone?«

Sie nickte energisch. Ja, ja, um sie ging es.

»Am besten wäre es, wir setzten uns in ein Café. Dann könnten wir …«

Die Einladung verwirrte sie in erstaunlichem Maße. In nur wenigen Sekunden brachte sie zehnmal alles und sein Gegenteil zum Ausdruck: »Ach, wunderbar«, »aber darum geht es doch eigentlich nicht«, »ha ha ha, das ist ja witzig«, »ja natürlich habe ich das erwartet!«, »das ist der schönste Tag meines Lebens«, »ich kann nicht, und das macht mich ganz krank«, »was haben Sie da gesagt, ich habe es nicht verstanden« und so weiter.

Doch am Ende brachte dieser ganze Tumult nur ein einziges Wort hervor: »Einverstanden.«

Das Café war um diese Tageszeit ruhig. Sie setzten sich, bestellten ihre Getränke und warteten darauf, dass der Kellner, ein desinteressierter Esel, sie mit müden Schritten brachte.

»Es ist, weil«, begann die junge Häsin, »weil ich vorhin Ihre Unterhaltung im Postbüro gehört habe.«

»Unsere Unterhaltung? Ich habe wirklich nicht viel gesagt.«

»Ha ha ha, Sie haben Humor! Es stimmt, bei Edith ist es nicht leicht, zu Wort zu kommen!«

»Sie sagen es. Also, Sie kennen Simone gut?«

»Überhaupt nicht. Ich habe sie nie gesehen, denn ich bin die, die sie ersetzt. Sie hatte schon gekündigt, als ich gekommen bin.«

Jefferson konnte seine Enttäuschung nicht verbergen, doch die junge Häsin weckte gleich wieder seine Hoffnung.

»Ich habe sie nie gesehen, aber – wie sagt man? – ich habe von ihr reden gehört. Und das allerdings! Die ganze Woche lang hat Edith mit Franziska nur über sie gesprochen.«

»Franziska?«

»Ja, das ist meine andere Kollegin, die, die zwischen uns beiden gesessen hat.«

»Ich verstehe, und Sie, was ist denn Ihr Vorname?«

Diese einfache Frage brachte die schüchterne Postangestellte wieder ganz durcheinander. Sie begann heftig zu atmen, ihr Gesicht wurde lebendig und das Ganze endete mit einem kurzen:

»Susanne, ich heiße Susanne.«

Danach nahm sie ihren ganzen Mut zusammen und fragte: »Und Sie, Sie sind?«

»Jefferson«, antwortete Jefferson.

Da Susanne nicht noch aufgeregter werden konnte, musste sie einfach ihren großen Mund öffnen, so weit, dass Jefferson sich locker hätte kämmen können, während er sein Spiegelbild auf ihren Schneidezähnen betrachtete.

»Ach, sind Sie etwa DER Jefferson von der *DeliCut*-Affäre? Oh, oh, ich bewundere Sie! Und ich hätte Sie sofort an Ihrer Tolle erkennen müssen!«

Jefferson musste ihr ein Autogramm geben und ein weiteres für ihre Schwester. Sie jubelte.

»Nun«, begann er schließlich wieder, »kommen wir auf Simone zurück.«

»Ja, wie ich Ihnen sagte, Edith sprach zu Franziska nach ihrem Verschwinden nur noch von ihr. Sie haben zwar geflüstert, aber zufällig habe ich ein ziemlich gutes Gehör …«

Das wäre auch seltsam, wenn du schlecht hörtest, dachte Jefferson in Anbetracht der beiden langen Ohren, die bis zum Tisch hinunterreichten.

»Möchten Sie vielleicht noch einen zweiten Möhrensaft?«

Was er in den nächsten Minuten über Simone erfuhr, machte ihn fassungslos. Er hätte sich bei Simone alles Mögliche vorstellen können: Dass sie beschlossen hatte, sich in ein Kloster zurückzuziehen, dass sie an Gewichtheberinnenturnieren teilnehmen wollte, dass sie zu einer Heavy-Metal-Gruppe gestoßen war. Doch nichts dergleichen war passiert.

Eines schönen Morgens war Simone ohne Vorwarnung nicht mehr zur Arbeit erschienen. Das war an einem Freitag. Am Montag war sie wieder nicht gekommen, und auch nicht am Dienstag und an den folgenden Tagen. Die Postverwaltung hatte daraufhin Susanne als Vertretung geschickt. Am selben Tag hatte Edith sich ihrer Freundin Franziska anvertraut, und Susanne mit dem guten Gehör hatte alles mitbekommen. Und sie spielte die Szene jetzt meisterhaft nach.

»Franziska, mir geht es richtig dreckig, und ich sage dir warum, denn du bist meine Freundin, und wenn ich es nicht sagen könnte, würde ich platzen: Ich weiß, wo Simone hin ist, genauer gesagt, zu wem.«

»Nein!«

»Doch! Und ich weiß es genau, denn die eingebildete Pute ist mit meinem Mann abgehauen!«

»Nein!«

»Doch!«

»Mit Romeo?«

»Mit Romeo!«

»Aber woher weißt du das?«

»Ich habe ihre Liebeskorrespondenz abgefangen: Mails, SMS, Briefe. Er hat ihr Sachen geschrieben, die er zu mir nie gesagt hat: Ach, deine Ohren, und dann erst dein süßes Fell …«

»Nein!«

»Doch! Und sie stand dem in nichts nach: ›Ach, mein Romeo, lass mich deine Julia sein, ach, mein Romeo, ich liebe deine Muskeln und deinen Elan!‹«

»Diese Heimlichtuerin, man hätte ihr doch blind vertraut!«

Jefferson hatte es die Sprache verschlagen. Er hing an Susannes Lippen und begriff allmählich: Simone hatte sich in diesen Romeo verliebt und war mit ihm durchgebrannt. Sie hatte es nicht gewagt, Gilbert die Wahrheit zu schreiben, denn sie fühlte sich schuldig, weil sie eine Ehe zerstört hatte. Was Romeo betraf, war es in Anbetracht seiner schwer erträglichen Ehefrau nicht erstaunlich, dass er sich aus dem Staub gemacht hatte, sondern nur, warum er es nicht schon früher getan hatte.

Vielleicht waren die beiden Flüchtigen ja tatsächlich füreinander gemacht. Sie hatten sich darauf verständigt fortzugehen, ohne eine Adresse zu hinterlassen, Tabula rasa zu machen. Wozu auch endlose Streitereien, Vorwürfe und Tränen? Wenn dem so war, war es sinnlos, Simone zu Hilfe zu kommen. Sie war in Sicherheit. Man konnte sie getrost ihrer schönen Liebe überlassen und ihr dabei viel Glück wünschen.

Susanne, die inzwischen bei ihrem dritten Glas Möhrensaft war, entschuldigte sich kurz, um auf die Toilette zu gehen, und als sie zurückkam, meldete Jefferson doch noch einmal einen kleinen Zweifel an:

»Sagen Sie, Susanne, wieso kann Edith so sicher sein, dass es die Simone von der Post ist, die ihr den Mann weggenommen hat?«

»Jefferson, bitte, sie sind am selben Tag verschwunden! Ohne jemandem etwas zu sagen. Und es gibt in der Stadt keine andere Häsin mit dem Vornamen Simone.«

Diesmal war er vollkommen überzeugt. *Also mach's gut, Simone*, sagte er sich. *Sei glücklich mit deinem Liebhaber! Du hast es wirklich verdient nach so vielen Jahren Einsamkeit. Und vielleicht hast du, so wie das Möhrenkraut zur Möhre gehört, demnächst auch das Glück, Mutter zu werden, sodass deine Familie weiterlebt.*

Bevor er sich von Susanne verabschiedete, stellte er ihr aber noch eine letzte Frage: »Und natürlich wissen Sie nicht, wohin sie gefahren sind?«

»O doch, das weiß ich. Einmal hat Edith wütend zu Franziska gesagt: ›Ich hoffe, sie brechen sich beide die Beine, echt!‹ Und sie hat erklärt, dass sie bestimmt in dem Chalet sind, das Romeo in einem Skiort besitzt.«

»Und hat sie den Namen dieses Orts genannt?«

»Ja, aber ich habe ihn nicht gut verstanden, es war ein komischer Name, so wie Stöckel oder Stelze …«

Das sagte Jefferson nichts. Er notierte sich trotzdem die beiden Wörter in seinem Notizbuch.

»Vielen, vielen Dank, Susanne. Ich freue mich, Sie kennengelernt zu haben.«

»Und ich erst. Wenn ich meinen Freundinnen erzähle, dass ich mit DEM Jefferson ein Glas getrunken hab, flippen sie aus.«

Er zahlte, und sie standen auf.

»Ach noch eins: Wie heißt Edith? Also, was ist ihr Familienname?«

»Ich nehme an, sie heißt wie ihr Mann.«

»Nämlich?«

»Ach, das klingt komisch für Hasen, sie heißen Terrier.«

Der Busfahrer war derselbe wie bei der Hinfahrt. Er erkannte Jefferson wieder und sprach ihn mit einem amüsierten Lächeln an:

»Und? Waren die Recherchen in dem Kriminalfall erfolgreich?«

»Es geht seinen Gang«, antwortete Jefferson trocken und suchte sich ganz hinten einen Sitzplatz.

Während er darauf wartete, dass seine Lauch-Kartoffel-Suppe kochte, setzte er sich an seinen Schreibtisch und schaltete seinen Computer ein, während die Suppe ein friedliches und beruhigendes *blop blop* vernehmen ließ.

»Schau'n wir doch mal«, brummelte er und gab die zwölf Buchstaben R-o-m-e-o T-e-r-r-i-e-r ein. »Mit ein bisschen Glück …«

Erst als etwas ziemlich angebrannt roch, blickte er vom Bildschirm auf, fünfzig Minuten zu spät. Seine Suppe konnte er vergessen, und der Topf war wahrscheinlich auch hinüber. Zuerst stürzte er an den Gasherd, um die Flamme abzudrehen, dann an sein Handy.

»Gilbert? Komm schnell!«

5

»Was riecht denn hier so?«, fragte Gilbert beim Eintreten.

»Ach, nichts. Meine Suppe ist angebrannt. Ich koch jetzt stattdessen Reis. Möchtest du auch was?«

»Okay. Und was ist los?«

Jefferson berichtete von seinem Ausflug zur Post, ganz stolz auf seine Entdeckung, dann ließ er Gilbert sich vor den Bildschirm setzen.

»Nimm dir Zeit. Guck dir die Fotos an und lies alles.«

Gilbert brauchte zwanzig Minuten, um alles anzugucken, was im Netz zu Romeo Terrier zu finden war. Dabei begleitete er die Lektüre durch Ausrufe wie: *Ich glaub es nicht* oder *Ohlala!* oder *Immerhin …*, auch durch lautes Grunzen, Pfeifen oder andere Geräusche, die man mit dem Mund machen kann. Am Ende kommentierte er lakonisch:

»Stimmt … ein sauberer Typ …«

Am eindrucksvollsten war die Zahl der verfügbaren Fotos; zumindest ließ sich behaupten, dass dieser verführerische Hase sich gern betrachten ließ. Man sah ihn mit nacktem

Oberkörper tanzen, mit einem Cocktailglas in der Hand. Zweifellos in einem Nachtlokal: man sah ihn bei derselben Aktivität, doch diesmal an einem Strand und von anmutigen Nixen umgeben; man sah ihn beim Karaoke; man sah ihn neben einem blauen Geländewagen oder bei einer Übung im Fitnessstudio. Kurz, ein Angeber in seiner ganzen Pracht.

»Aber wie konnte sich Simone nur in so einen Schaumschläger verknallen?«, seufzte Jefferson. »Das sieht ihr doch gar nicht ähnlich.«

»Du bist naiv, Jeff! Das ist das Gesetz der Natur. Die Mädchen behaupten zwar, sie lieben die Netten, aber sie brennen mit den Schönen durch. Du hast doch gesehen, dass er gut gebaut ist, dieser Romeo. Er könnte im Film auftreten. Und er, er hat keine kurzen Beine. Wenn du so einen Körper hast, brauchst du nur mit den Fingern zu schnippen, und schon fallen sie dir zu Füßen. Ich selbst habe mitbekommen, wie …«

»Schon gut, Gilbert, ich glaub dir ja … Aber was hast du da vorhin eigentlich gesagt?«

»Wozu?«

»Zu kurzen Beinen.«

»Gar nichts.«

»Dann hab ich mir das wohl nur eingebildet …«

Das beunruhigendste Foto war mit Sicherheit das, auf dem Romeo Terrier zwischen zwei dänischen Polizeihunden geht, Handschellen an den Handgelenken, aber ohne sein provokantes Grinsen abzulegen. Auch in dieser Lage war er niemand, der sein hübsches Gesicht unter seinem Jackett versteckte. Verständlich wurde dieses Bild, sobald man sich die »Karriere« dieses Burschen ansah.

Sie hatte fünfzehn Jahre zuvor mit Einbrüchen und Autodiebstählen begonnen; darauf folgte ein Raubüberfall, der

ihm mehrere Jahre Gefängnis einbrachte. Sein kleiner Knastaufenthalt hatte ihn aber nicht weiter beeindruckt.

Er befasste sich danach nicht ohne Erfolg mit Betrügereien. Insbesondere wurde er angeklagt, junge betuchte Häsinnen oder solche mittleren Alters zu verführen und auszunehmen, bevor er sie wie heiße Kartoffeln fallen ließ. Das war seine Spezialität, und das Geniale bei dieser Abzockerei war, dass sie völlig legal war; schließlich hatten die Opfer in alles eingewilligt.

»Das nennt man jemandem hörig sein. Die Häsinnen sind durch ihre Liebe blind«, erklärte Gilbert. »Der Typ kann vierzig Menschen umbringen, aber sie sind davon überzeugt, dass er vollkommen unschuldig ist, sie sind wie hypnotisiert, verstehst du? Jeff, ich fürchte, dass unsere gute Simone an einen sehr gefährlichen Typen geraten ist.«

»Du hast recht. Wir sollten das zur Anzeige bringen, bei der Polizei.«

»Hör doch auf mit deiner Polizei! Die wird sich nicht rühren, glaub mir! Wir müssen ohne sie zurechtkommen. Wir haben das schon mal gemacht, erinnerst du dich?«

Und wie Jefferson sich erinnern konnte! Sie hatten sich sogar als Anführer bewiesen.

Mittlerweile war der Reis gar. Und er war nicht angebrannt.

»Da ist nur eine Sache, die seltsam ist«, grummelte Gilbert, während er den Tisch deckte.

»Und zwar?«

»Dass Simone gar nicht betucht ist, jedenfalls soweit ich weiß.«

Es folgte ein kurzes, aber für Jefferson schier endloses Schweigen. In zwei Sekunden hätte er seinem Freund alles erklären können: »Doch, mein Lieber, Simone ist vermögend.« Worauf aber Gilbert sofort gefragt hätte: »Und woher weißt du das?« Und Jefferson hätte seinen Fehltritt gestehen müssen. Er zog es vor, abzulenken.

»Möchtest du Tomatensoße zu deinem Reis?«

Er würde alles gestehen, aber später. Später bestimmt.

»Ja, gern«, antwortete Gilbert, »und wenn du etwas geriebenen Käse hättest, hätte ich auch nichts dagegen.«

Einen Moment aßen sie, ohne etwas zu sagen, dann ließ Gilbert plötzlich die Gabel fallen.

»Hör zu, Jeff! Ich möchte dich nicht erschrecken, doch ich glaube, dass Simone in Lebensgefahr ist.«

»Was hast du da gesagt?«

»Du hast mich sehr gut verstanden.«

»Aber wieso glaubst du das? Du willst mich nicht erschrecken, aber du erschrickst mich doch.«

»Ich komme darauf wegen einer Sendung im Fernsehen, die ich manchmal gucke. Du weißt, da geht es um Kriminalfälle … Also. Das letzte Mal ging es um einen Typen, der seine Opfer mit Lebensversicherungen reinlegte.«

»Ich verstehe kein Wort, Gilbert. Was meinst du mit Lebensversicherung?«

»Das ist ganz einfach. Du liebst jemanden und du möchtest diese Person schützen. Also schließt du zu ihren Gunsten eine Lebensversicherung ab, das heißt, du zahlst monatlich eine schöne Summe an den Versicherer. Und wenn du stirbst, bekommt diese Person eine Stange Geld.«

»Aber das ist doch gut … richtig großzügig. Und es tröstet ein wenig die Person, die noch da ist.«

»Ja natürlich, im Prinzip ist das eine tolle Sache. Außer wenn die begünstigte Person findet, dass du allzu lange mit dem Sterben zögerst, und das Problem dadurch löst, dass sie dem ein wenig nachhilft.«

»Du meinst …«

»Ja, ich meine. Und ich bin sicher, dass Terrier mit Simone so verfahren wird. Er wird sie umbringen, einen Unfall vortäuschen, das Sümmchen einstecken und es sich auf einer paradiesischen Insel gut gehen lassen, wie auf dem Foto!«

Jefferson lief es eiskalt den Rücken hinunter. Die monatlich von Simones Konto abgebuchte Summe erschien vor seinen Augen und blinkte wie die Leuchtreklame eines Casinos in Las Vegas. Diesmal konnte er nicht länger schweigen. Er musste bekennen.

»Hör zu, Gilbert, ich muss dir …«

»Sei ruhig, Jeff. Ich weiß, was du denkst. Dass ich das Schlimmste annehme, dass ich dramatisiere. Aber ich bin mir sicher, dass es das ist! Simone ist in der Gewalt eines Typen, der ihr etwas antun will. Wir müssen handeln, und zwar schnell! Das Problem ist, dass wir nicht wissen, wo sie sind!«

»Vielleicht weiß ich es«, sagte Jefferson und kniff die Augen zusammen. Er fand, dass er so ganz besonders listig aussah.

»Du weißt es?«

»Ja, jedenfalls ungefähr. Susanne hat mich sozusagen auf die Spur gebracht. Möchtest du Kompott?«

»Was, bitte?«

»Einen Nachtisch. Möchtest du Kompott? Mit Keksen?«

Jefferson hatte eine genaue Straßenkarte. Sie schoben die Überbleibsel ihrer Mahlzeit beiseite und breiteten die Karte auf dem Küchentisch aus. Die Aufgabe war nicht so leicht: Im Land der Tiere gab es eine ganze Reihe von Skiorten, und Susannes Angaben waren ziemlich ungenau. Sie teilten sich die Suche nach Planquadraten auf und gingen langsam vor.

Stöckel, Stelze … Kein Ortsname klang so. Bis Gilbert seinen Zeigefinger auf ein kleines Nest ganz im Norden setzte.

»Stolzl! Was hältst du davon, Digger?«

»Ich glaube, das ist es! Warte!«

Ein Anruf bei Susanne bestätigte, dass Gilbert ins Schwarze getroffen hatte.

»Das ist es!«, rief die junge Postlerin verrückt vor Freude. »Stolzl! Ja, Stolzl! Und was hatte ich Ihnen gesagt? Stöckel? Stelze? Ha ha ha! Und es ist Stolzl! Ich war gar nicht so weit davon weg, geben Sie es zu! Ha ha ha!«

Sie konnte gar nicht aufhören zu lachen. Jefferson bedankte sich noch einmal und versprach ihr, sie auf dem Laufenden zu halten.

Gilbert aber lachte überhaupt nicht.

»Die Berge! So ist es! Das ist die ideale Umgebung, um ein Verbrechen zu vertuschen und einen Unfall vorzutäuschen. Er ist ein Ski-Ass und sie Anfängerin, wette ich. Er nimmt sie mit, weit abseits der Piste, führt sie zu einer gefährlichen Stelle, die er kennt, sagt ihr, dass das ganz ungefährlich ist und dass sie keine Angst zu haben braucht. Sie hat keine Ahnung und vertraut ihm, also glaubt sie ihm, fährt los und stürzt in die Gletscherspalte. Er wartet ein wenig, damit wahrscheinlicher wird, dass sie nicht mehr herauskommt, fährt ins Tal, schlägt Alarm, spielt den Verzweifelten, erklärt, dass er versucht hat, sie aufzuhalten, dass er ihr zugerufen hat *Da nicht! Nicht da!*, doch dass sie ihn nicht gehört hat wegen des Helms, des Winds und so weiter … Die Hilfe kommt zu spät. Romeo vergießt Krokodilstränen, schwört, dass er nie darüber hinwegkommen wird, doch reibt sich klammheimlich die Hände, kassiert die Versicherungssumme und aalt sich in der Sonne. Ihm ist das perfekte

Verbrechen gelungen. Fortan wird man nie wieder von ihm hören.«

Jefferson hörte Gilbert völlig niedergeschlagen zu. Er stellte sich Simone vor, wie sie am Boden der Spalte lag, mit gebrochenen Gliedern, im Todeskampf. Und bis zum Ende allein. Es brach ihm das Herz.

»Ich hoffe, sie hat trotz allem nicht allzu sehr gelitten«, seufzte er, während er mit den Tränen kämpfte.

»Langsam, Igel, das ist ja vielleicht noch gar nicht passiert!«

»Ach ja, stimmt ja, aber du erzählst so gut, dass ich schon alles geglaubt habe.«

Über einen Punkt waren sie sich beide einig: Sie mussten schnellstens handeln! Ab jetzt zählte jede Stunde. Terrier hatte bestimmt nicht die Absicht, diese falschen Flitterwochen mit Simone an seinen Rockschößen endlos zu verlängern. Sie mussten die Unglückliche seinen schmutzigen Pfoten entreißen, und zwar schnell, ehe das Schlimmste geschah.

Jefferson hatte noch ein paar Tage Ferien und war bereit, wenn nötig auf der Stelle loszufahren. Für Gilbert war es schwieriger. Seine Kunden erwarteten ihn wie einen Erlöser, und sie nacheinander anzurufen, um ihnen zu erklären, dass er für eine Woche in die Berge fahren würde, war ein Drahtseilakt. Egal! Was bedeutete ein schlecht geregelter Heizkessel schon gegen ein Leben?

Sie schätzten die Entfernung bis Stolzl: etwa 260 Kilometer, zunächst auf einigermaßen geraden Straßen; näher am Skiort waren die Straßen aber steil und kurvenreich.

»Vier Stunden mit Pausen«, schätzte Gilbert.

Sechs Stunden, übersetzte Jefferson für sich, hütete sich aber, das laut zu sagen.

»Meinst du, dein Wagen schafft das?«

»Ob Titine das schafft? Können Sie Ihre Frage bitte wiederholen? Titine wird uns wenn nötig bis ans Ende der Welt tragen, nach Alaska, quer durch die Sahara und durch Turkmenistan, hoch ins ...«

»Schon gut, schon gut, ich glaub's ja, war nur eine Frage.«

Sie legten die Abfahrt auf den nächsten Tag um zehn Uhr morgens fest und listeten auf, was sie mitnehmen mussten: zwei Luftmatratzen, zwei Schlafsäcke, warme Kleidung, ein Butterbrot für eine Mahlzeit unterwegs, eine Taschenlampe mit einer frischen Batterie, ein Verbandskasten, Bindfaden und ein Messer ... Und je mehr dieser Gegenstände sie aufzählten, desto deutlicher hatten sie den Eindruck, nicht in Ferien aufzubrechen, sondern sehr wohl einer Gefahr ins Auge blicken zu müssen.

»Wie sollen wir sie denn finden?«, fragte Jefferson besorgt. »Und wenn wir sie finden, wie werden wir mit Simone sprechen können, ohne dass Romeo das hört? Und was werden wir Simone sagen? Glaubst du, dass sie uns zuhören und uns einfach folgen wird? Und wenn wir kämpfen müssen, auch wenn wir zwei sind, glaubst du, wir kommen gegen ihn an?«

Gilbert schaffte es, alle diese fünf Fragen mit nur fünf Wörtern gleichzeitig zu beantworten ...

»Das werden wir morgen sehen.«

6

Punkt zehn Uhr hörte Jefferson das heisere *Honk! Honk!* von Titine, die vor dem Haus wendete.

Ein gutgelaunter Gilbert zog die Seitentür hinten rechts auf.

»Sieh mal da, mein Junge! Ich habe diesen Extrasitz hier angebracht, damit wir Simone mitnehmen können. Es ist ein Kinositz, den ich für 15 Kronen bekommen habe. Sie wird es darauf bequem haben.«

Der übrige Raum war von Handwerksmaterial freigeräumt, und der Blechboden bot genügend Platz für zwei Matratzen. Nur die an den Wänden angebrachten Regale waren noch immer vollgepackt mit verschiedenen Werkzeugen, Dosen, Schrauben und Rohren.

Jefferson schloss seine Haustür ab und versteckte den Schlüssel in der Lenkstange seines Fahrrads. Dann verstaute er seine Sachen hinten und nahm auf dem Beifahrersitz Platz, der ihm mit lauter Pfirsichkernen gepolstert zu sein schien. Es würde eine lange Reise werden.

Gilberts Lieferwagen war nur mit dem Nötigsten ausgestattet: kein Radio, kein Navi, keine Klimaanlage. Das Armaturenbrett war von rührender Einfachheit. Der Tacho zeigte für die Ewigkeit an, dass das Fahrzeug … 18 Kilometer zurückgelegt hatte, ziemlich wenig.

Gilbert beachtete die Straßenverkehrsordnung ganz genau und vergaß nicht, bei Gelegenheit kleine Höflichkeitsgesten gegenüber den anderen Verkehrsteilnehmern zu zeigen. Er fuhr der fragilen Mechanik des Lieferwagens zuliebe mit Fingerspitzengefühl – wofür sich dieser damit bedankte, dass er sein Bestes gab. Im Brummen des Motors lag etwas Stures und Zuversichtliches, ein offensichtlich guter Wille. Jefferson dachte: Die beiden sind sich ganz ähnlich, man möchte meinen, sie lieben sich.

Wie um das zu bestätigen, fing Gilbert an zu lachen:

»Titine ist von Natur aus fröhlich, denn sie hat lange Zeit Musikern gehört und dazu gedient, die Ausrüstung für die Auftritte zu transportieren. Stimmt's, Titine?«

Dann hupte er kurz.

»Hörst du? Sie hat ja gesagt.«

Sobald sie die Stadt hinter sich gelassen hatten, begannen sie, sich ihre Strategie zurechtzulegen.

»Zuerst müssen wir die Hütte finden«, sagte Jefferson. »Dafür müssen wir nur das kleine Auto von Simone finden, also das mit dem kleinen Nummernschild für Fahren ohne Führerschein. Davon wird es schon keine fünfzig im Ort geben …«

»Ja, und danach müssen wir es schaffen, in Kontakt zu ihr zu treten, ohne dass Romeo es merkt … Wenn sie noch so eng aufeinanderhängen, wird das nicht so leicht sein.«

»Genau. Wenn wir sie nur am Telefon erreichen könnten, könnten wir ein Treffen vereinbaren, doch du hast gesagt, sie antwortet nicht.«

»So ist es, sie ist unerreichbar.«

»Da habe ich eine Idee!«, rief Jefferson aus und zog sein Notizbuch und einen Stift aus der Tasche.

»Was soll das?«

»Ich will Simone schreiben, ihr erklären, was wir von ihrem Romeo halten, in welcher Gefahr sie schwebt und so weiter. Wenn wir keine Gelegenheit finden, mit ihr zu reden, können wir ihr immer noch diese Botschaft zustecken.«

Gilbert hatte nichts dagegen einzuwenden, und sie verbrachten die nächsten zwei Stunden damit, den Text zu verfassen. Dabei trafen zwei sehr unterschiedliche Schreibstile aufeinander. Meistens war es so, dass Gilbert etwas vorschlug und Jefferson das mäßigte, verfeinerte und präzisierte. So wurde beispielsweise aus »Mach doch die Augen auf, dieser widerliche Schuft verarscht dich doch!« ein »Du solltest dich fragen, ob diese Person nicht etwas im Schilde führt«. Und später aus »Er wird dich abmurksen, Simone, hörst du, er wird dich abmurksen!« ein »Sei auf der Hut, Simone, wir glauben, du bist in Gefahr!«.

Die Abfassung des letzten Satzes, der genau beschreiben sollte, wie sie fliehen könnte, verschoben sie auf später; doch gerade darum ging es: mit Simone heimzukehren, koste es, was es wolle.

Eine halbe Stunde machten sie an einer Raststätte Pause, um zu tanken, ihre Butterbrote zu essen und sich die Beine zu vertreten, dann nahmen sie wieder die Straße nach Norden.

Wenig später erblickten sie die weißen Berggipfel vor sich. Sie bogen in eine engere Straße ab, und es gab die ersten

Serpentinen. Die Temperatur sank um mehrere Grad. Gilbert stellte die Heizung an, was zunächst zu einem starken Geruch von verbranntem Staub führte. Doch bald breitete sich angenehme Wärme in der Fahrerkabine aus. Titine nahm den Hang tapfer in Angriff, auch wenn sie das damit bezahlte, dass der Tachozeiger unter die 30-Stundenkilometer-Marke sank. Der Motor sang jetzt eine Oktave höher, und die beiden Reisenden mussten viel lauter sprechen, um sich zu verständigen. Als nach ein paar Kilometern schon acht Wagen in ihrem Kielwasser tuckerten, wich Gilbert auf den Seitenstreifen aus, um sie überholen zu lassen. Das musste er noch ein paar Mal wiederholen.

Die Kilometer schlichen mit unendlicher Langsamkeit vorbei, und die Hinweise, dass Titine ermüdet war, vervielfachten sich. Als sie schließlich zu ihrer großen Erleichterung ein Schild sahen, das ankündigte: STOLZL 1 km, leuchtete ein bösartiges rotes Lichtlein am Armaturenbrett auf.

»Das ist nichts«, brummte Gilbert, »da ist nur was ein bisschen heiß geworden wegen der kleinen Kletterpartie. Ich werde am Ortseingang parken.«

Er bog linker Hand in eine ziemlich abschüssige Straße ab und rangierte den Wagen an den rechten Bürgersteigrand, nicht unglücklich darüber, nach sieben Stunden Fahrzeit das Lenkrad loslassen zu können.

Der Skiort war recht belebt um diese Tageszeit. Die meisten Feriengäste waren natürlich Tiere, doch man konnte auch zahlreiche Menschen beobachten, die von den niedrigeren Preisen hier angezogen worden waren, vielleicht auch von der exotischen Erscheinung der Einwohner. Jefferson fand es wenig sinnvoll, sich dadurch zu erkennen zu geben, dass sie die Leute einfach fragten, ob sie einen gewissen Romeo

Ihr
Heizungs
installateur?
Gilbert

Terrier kannten. Sie zogen es vor, außerhalb des Zentrums nach einer Skihütte zu suchen, vor der ein kleines Auto mit kleinem Nummernschild stand. Das führte jedoch zu nichts, und bei Einbruch der Dunkelheit kehrten sie an den Ausgangspunkt zurück.

Titine war gut untergebracht auf ihrem Platz, zweifellos, damit sie sich von ihren Anstrengungen erholen konnte. Ein anderes Fahrzeug stand jetzt direkt vor ihr, ein SUV, der mit Sicherheit ein Vielfaches von dem gekostet hatte, was Gilbert für sie bezahlt hatte, doch das beeindruckte sie anscheinend überhaupt nicht.

Jefferson aber schon, und er blieb stehen.

»Glilbert, guck mal, sagt dir das nichts, dieses Monster?«

»Nein.«

»Mir aber schon. Ich bin mir ziemlich sicher, dass Romeo daneben posiert hat, auf einem der Fotos, die ich im Netz gesehen habe. Ich kenne diesen blauen Panzer!«

Der Besitzer konnte nicht weit weg sein. Man brauchte sich nur in der Umgebung umzusehen, um ihn ausfindig zu machen. Gilbert bezweifelte, dass der Name eines solchen Schufts an einem Briefkasten stand, und er hatte recht. Doch sie brauchten nur zehn Meter weiterzugehen, um zu sehen, wo er wohnte. Das Chalet war recht imposant mit seiner Terrasse mit hölzernem Geländer, der eleganten Treppe und den Fenstern im ersten Stock, die auf die Gipfel hinaussahen. Das Zimmer im Erdgeschoss war beleuchtet, und hinter dem Fenster zeichneten sich zwei Silhouetten ab: Romeo Terrier, der Mörder, und Simone, das Opfer. Das Paar war anscheinend mit Kochen beschäftigt. Jefferson und Gilbert stürzten hinter den Geländewagen. Der war so hoch und sie so klein, dass sie sich nicht einmal zu bücken brauchten, um sich zu verstecken.

»Das sind sie«, rief Gilbert außer Atem, »und es gibt eine wunderbare Neuigkeit!«

»Was denn für eine?«, fragte Jefferson, der zitterte wie Espenlaub.

»Dass Simone lebt! Wir sind noch rechtzeitig gekommen!«

Sie gaben sich wie zwei Basketballspieler nach einem Korb einen High Five. Dann kletterten sie in ihren Lieferwagen, um zu überlegen, wie sie weiter vorgehen könnten.

»Wir müssen etwas finden, womit wir Romeo aus dem Chalet locken können«, versuchte es Gilbert.

»Wir könnten ja sagen, wir hätten eine Panne und bräuchten Hilfe.«

»Du träumst, Jeff! Wir haben es hier nicht mit Mutter Teresa zu tun! Dem ist es doch scheißegal, ob du Hilfe brauchst! Und nebenbei bemerkt, wie bist du darauf gekommen, dass wir eine Panne haben könnten?«

»Ich weiß nicht, das ist mir einfach so eingefallen …«

»Hör mir mal gut zu: Ein Typ wie der wird nicht herauskommen, um dir zu helfen, wenn du eine Panne hast. Er wird nicht mal herauskommen, wenn du ihm sagst, du wohnst nebenan und dein Haus steht in Flammen. Nicht einmal, wenn du ihm sagst, seine Mutter hätte einen Herzanfall und läge direkt vor seinem Haus auf dem Bürgersteig. Nein, es gibt nur eine Sache, wegen der er herauskommt, und zwar Hals über Kopf!«

Jefferson hatte es eilig, diese Sache in Erfahrung zu bringen.

»Ganz einfach: Du musst ihm nur sagen, dass du auf seinen Wagen aufgefahren bist.«

Sie teilten sich ihre Rollen ganz logisch auf. Gilbert sollte läuten und Terrier aus seinem Bau locken. Jefferson würde unterdessen das Haus betreten, kurz mit Simone sprechen und ihr den Brief überreichen, den sie für sie aufgesetzt hatten, den Brief, zu dem sie noch die fehlenden Zeilen hinzugefügt hatten:

Simone, wir werden die ganze Nacht über in unserem Lieferwagen warten. Wenn Romeo tief schläft, schleich dich aus dem Bett und zu uns. Verlier keine Zeit damit, deinen Koffer zu packen. Damit würdest du ihn bloß wecken. Komm so, wie du bist! Nur Mut! Gilbert und Jefferson.

Ein Detail allerdings beunruhigte Gilbert.

»Ich werde ihn nicht lange aufhalten können. Sobald er sieht, dass an seinem Wagen nichts ist, wird er wieder reingehen und dich im Chalet überraschen.«

»Ja, und in diese Situation möchte ich – wenn möglich – nicht geraten.«

»Gut, dann sehe ich nur eine Lösung«

»Und zwar?«

»Ich werde so tun, als wäre ich ihm wirklich reingefahren, verstehst du, so, dass wir den Schaden schriftlich festhalten müssen, was eine Weile dauern wird. Und ich kann sogar noch etwas gemein sein, damit sich das hinzieht, und ihm zum Beispiel sagen, dass er schlecht geparkt hätte …«

»Nein, mach das nicht! Der macht dich platt!«

»Okay, ich werde mich entschuldigen, und das ist alles, du hast recht.«

Gilbert setzte den Motor in Gang. Titine schien sich erholt zu haben. Er nahm den Gang heraus, rollte ein paar Meter den Hang hinab und drehte das Lenkrad vorsichtig in Richtung des parkenden SUV. Auch wenn er vorgewarnt war, hielt Jefferson den Atem an und kniff die Arschbacken zusammen, zumal der Lieferwagen gerade dabei war, sich in eine Eiskunstläuferin zu verwandeln. Es nutzte nichts, dass Gilbert Bremse und Lenkung betätigte; schnell merkte er, dass die Straße hier vereist war und er die Kontrolle verloren hatte. Mit ihrem Gewicht von einer ganzen Tonne nahm Titine immer mehr Geschwindigkeit auf und stieß dann wie ein Widder zu. Das krachende Geräusch kam ihnen schrecklich vor. Gilbert fluchte immer wieder, versuchte, rückwärts zu fahren, doch Titine hatte ihre Schnauze schon in die Fahrertür des SUV versenkt und wollte nicht mehr loslassen.

Nun beschleunigte sich alles und wurde ziemlich irre.

»Das ist okay!«, rief Gilbert und schaltete den Motor ab. »Ich bin nur etwas heftiger als vorgesehen dagegen gekommen ... Ich werde jetzt Terrier aufsuchen. Folge mir!«

Sie näherten sich dem Chalet, dessen Bewohner anscheinend nichts mitbekommen hatten.

»Versteck dich auf der Terrasse, und wenn wir bei dem Auto sind, er und ich, dann gehst du rein! Viel Glück!«

»Dir auch viel Glück!«, erwiderte Jefferson, dessen Herz wie verrückt klopfte. Er drückte sich in die Ecke der Terrasse. Gilberts Plan war nicht so schlecht, denn schon nach höchstens zwanzig Sekunden hörte er, wie jemand über seinem Kopf stapfte, und sah dann, wie Terrier zur Straße lief, gefolgt von Gilbert, der drei Schritte machen musste, während der andere einen machte. Jefferson verließ sein Versteck, sprang hinaus auf die Terrasse, ging zur Tür und stellte sich auf die Zehenspitzen, um zu läuten.

Als niemand kam, klopfte er:

»Simone, mach auf!«

Und weil sie immer noch nicht kam, beschloss er, einfach hineinzugehen.

Komische Umgebung!, sagte er sich sogleich, *seltsamer Geschmack.* Teppichboden, angeberische Möbel, die aber nicht zusammenpassten, ein Fernseher, der viel zu laut eine Spielshow mit viel Geschrei wiedergab; das grüne Sofa mit viel zu vielen Kissen, im Kamin eine Gasflamme, die niemand für echtes Kaminfeuer halten konnte. Alles war hässlich und unecht. Der absolut passende Hintergrund für den dreckigen Mord, der hier vorbereitet wurde!

»Simone!«, rief er. »Ich bin's, Jefferson! Wo bist du?«

Er konnte nicht jahrelang warten, dass sie sich zeigte. Er folgte dem Flur und klopfte auf gut Glück an die erste Tür, vielleicht die des Schlafzimmers.

»Simone, mach auf, bitte!«

Jetzt hörte er das Geräusch von fließendem Wasser in einem Raum weiter unten. Das Badezimmer! Er lief hin. Gilbert strengte sich bestimmt verzweifelt an, um Terrier zurückzuhalten, doch das würde ihm nicht mehr lange gelingen.

»Simone, ich bin's, Jefferson.«

Er trommelte gegen die Tür. Die Dusche drinnen war voll aufgedreht. Er schrie:

»Simone, hörst du mich?«

»Was?«

»Wir suchen dich, Gilbert und ich. Du bist in Gefahr!«

Er meinte jetzt draußen ein Geräusch gehört zu haben und geriet in Panik. Die Vorstellung, einem Typen gegenüberzustehen, der im Knast war und zweifellos Blut an den Händen hatte, ließen seine Knie weich werden. *Und ich werde mir trotzdem nicht in die Hosen machen*, sagte er sich, *nicht vor Simone und nicht vor Gilbert!*

»Ich muss jetzt gehen, Simone! Hier, lies das!«

Er schob die drei Seiten ihres Briefs unter der Tür durch, schrie noch einmal »Mach's gut!« und lief fort. Als er am Ende das Gangs anlangte, merkte er, dass das Wasser hinter ihm aufgehört hatte zu laufen. Er bremste ab und wandte sich gerade weit genug um, um zu sehen, wie die Tür zum Badezimmer sich öffnete und ein triefender Kopf in der Öffnung erschien.

»Was ist denn das für ein Lärm?«

Wie eine Rakete raste er durch das Wohnzimmer, gerade in dem Moment, als der Talkmaster in der Fernsehshow fragte, ob die Hauptstadt von Rumänien Bukarest oder Budapest hieß. Er lief hinaus und ließ dabei alles offen hinter sich, überquerte die Terrasse, fast ohne den Boden zu berühren, und gelangte wieder in sein Versteck, eher tot als lebendig. Romeo Terrier, der gerade zurückkam, lief in weniger als einem Meter Entfernung an ihm vorbei, ohne ihn zu bemerken. Er pfiff leise vor sich hin. Sobald er im Inneren des Hauses verschwunden war, sprang Jefferson auf und verschwand.

Titine war aus ihrer misslichen Position befreit worden, und Gilbert wartete am Steuer, noch etwas verdattert.

»Leg los!«, rief Jefferson ihm zu.

»Aaaber ...«, meckerte Gilbert.

»Kein Aber, fahr los!«

Gilbert fuhr also los, mit 25 Stundenkilometern den vereisten Hang hinunter.

»Hast du Simone gesehen?«, fragte er nichtsdestoweniger.

»Ja, ich habe Simone gesehen, aber es ist nicht unsere Simone.«

Jefferson sah ununterbrochen in den Rückspiegel, überzeugt, dass der SUV von Romeo Terrier hinter ihnen auftauchen und sie dank seiner übermächtigen Scheinwerfer total blenden würde. Danach würde es dann zu einem Massaker kommen. Wie sollte solch ein blutrünstiger Kerl auch zulassen, dass jemand in sein Haus eindringt und seine Geliebte bis ins Badezimmer verfolgt? Doch bisher war hinter ihnen alles schwarz wie die Nacht.

»Was heißt das, nicht unsere?«

»Es ist eine andere Simone, Gilbert, nicht unsere! Ich habe sie gesehen! Sie ähnelt Simone nicht mehr als du Brad Pitt! Wir haben uns verhauen! Und dann habe ich ihr noch unseren Brief dagelassen! Sie wird ihn ihm zeigen! Er wird lesen, dass wir ihn als *widerlichen Schuft* bezeichnen!«

»Gar nicht, du wolltest es noch korrigieren, und schließlich haben wir stattdessen *diese Person* geschrieben.«

»Egal! Gib Gas!«

Gilbert hütete sich, schneller zu fahren. Auf der eisglatten Straße versuchte Titine, alle Bolzen beisammenzuhalten, während ihre kleinen gelben Scheinwerfer kaum den Mut hatten, in den Abgrund zu blicken, der zu ihrer Rechten klaffte.

Es würde bis unten im Tal dauern, bevor sie sich etwas entspannen konnten. Kein Monster war ihnen auf den Fersen. Jefferson berichtete von seinem kurzen Besuch im Chalet, wobei er die Panik, die ihn beinahe zu einer nassen Hose geführt hatte, wohlweislich überging; stattdessen betonte er, wie entschlossen und laut er gerufen hatte.

»Simone!«, habe ich geschrien, »ich bin's, Jefferson. Du brauchst keine Angst zu haben, komm heraus!«

Dem fügte er noch den sehr kurzen Dialog an der Badezimmertür hinzu. Jetzt, da sie beide wussten, dass das nicht ihre Simone gewesen war, nahm das alles eine Wendung ins Komische. Gilbert bog sich an dieser Stelle vor Lachen.

»Und du, wie ist es dir mit Terrier ergangen?«, fragte Jefferson schließlich.

»Mit Herrn Terrier bitte.«

»Wie bitte?«

»Wenn es dich nicht stört, würde ich von nun an in einem anderen Ton von ihm sprechen …«

Als Jefferson zum Zeichen seines Unverständnisses die Arme ausbreitete, erklärte er:

»Ich bin offenbar nicht so mutig wie du, denn als ich ihn sah, habe ich mich wie ein Stück Scheiße gefühlt. Er ist sehr groß, sehr muskulös und … taub. Er hat nur eine Geste mit dem Kinn gemacht, die offenbar bedeutete *Was willst du Knirps denn?* Ich habe geschafft, meinen Spruch aufzusagen: »Ich glaube, ich bin gegen Ihren Wagen gekommen …« Er hat die Tür hinter sich zugezogen und ist wie von der Tarantel gestochen losgelaufen, mit nackten Füßen. Ich bin ihm gefolgt und habe erklärt: *Das ist wegen dem Glatteis, ich habe natürlich versucht …*, aber er hat gar nicht zugehört. Er hat sich den Schaden angesehen. An seinem SUV war so gut wie nichts zu sehen. Du musst wissen, das ist ein deutsches Fabrikat, da kannst du mit dem Hammer draufhauen. Titine ist dagegen wie ein Stück Kuchen. Der ganze rechte Kotflügel ist eingedrückt. Dann hat er mich, immer noch mit dem Kinn, hinter das Steuer geschickt, und weißt du, was er dann gemacht hat, dieser Romeo, mein Freund? Er ist in die Knie gegangen und hat mit bloßen Händen die Stoßdämpfer gegriffen, Titine vorne angehoben und sie um einen Meter zur Seite gedreht, um sie von seinem SUV loszubekommen. Und weil das zerbeulte Blech vorn den Reifen berührte, hat er es davon weggebogen, immer noch mit bloßen Händen. Dann ist er zu mir an die Fahrertür gekommen. Ich habe das Fenster heruntergelassen, und er hat sich zu mir heruntergebeugt, ganz nah. Sein Atem stank nach Zigarettenrauch, aber ich habe es nicht gewagt, den Kopf zurückzunehmen, denn ich wollte ihn nicht verärgern. Ich wiederhole, er hatte immer noch kein Wort gesagt, und weil mir auch nichts zu sagen einfiel, schwiegen wir uns an. Bei der Kälte und der Stille, schwör ich dir, hätte er bloß einmal *Buh!* zu sagen brauchen, und ich wär in Ohnmacht gefallen. Doch er hat nicht *Buh!* gesagt, sondern bloß gefragt: *Bist du versichert?* Ich habe ihm geantwortet: *Ja, aber genau genommen nein, nämlich nicht Vollkasko* … Da hat er gegrinst und gesagt: *Verstehe, sag mal, wie heißt du eigentlich? – Gilbert,* habe ich geantwortet. Dann hat er in die hintere Tasche seiner Jeans gegriffen und gesagt: *Hier, Gilbert!* Und weißt du, was er gemacht hat? Er hat mir zwei 100-Kronen-Scheine in die Hand gedrückt, damit soll ich den Kotflügel von Titine reparieren lassen! Guck, da sind sie! Und dann ist er gegangen. Klasse, nicht wahr? Ich war fix und fertig. Und dann bist du gekommen. Und wir sind abgehauen. So ist es.«

Sie fuhren lange, ohne anzuhalten. Jefferson war müde und erschöpft von all der Aufregung und hätte gern ein bisschen geschlafen, doch er wollte den Fahrer am Steuer nicht allein lassen und bemühte sich deshalb, die Unterhaltung in Gang zu halten.

»Und, was hältst du von dem, was wir bisher erreicht haben, Gilbert?«

»Geht so, wenn ich's mir genau überlege, mein Igel. Ich habe einen Arbeitstag verloren, bin fünfzehn Stunden gefahren, habe einen Tank voll Sprit verbraucht, meinen Lieferwagen zerknittert, Kratzer auf einem brandneuen SUV verursacht, ein Paar ins Chaos gestürzt und Simone nicht gefunden. Ja, geht so.«

Um Mitternacht fragten sie sich, ob sie nicht lieber ein paar Stunden auf ihren Luftmatratzen schlafen sollten, hinten im Wagen, doch das war auch keine besonders angenehme Aussicht. Außerdem starben sie vor Hunger und hatten nichts zu essen. Sie beschlossen, nach Hause durchzufahren, egal, wie spät es war. Trotzdem hielten sie an, um etwas Wasser in Titines Kühler nachzufüllen, für alle Fälle, und nutzten die Pause zum Pinkeln. Dabei standen sie beide am nächtlichen Straßengraben.

»Jeff, erzähl mir nochmal die Szene!«

»Ich hab sie dir doch schon drei Mal erzählt!«

Das stimmte, doch für Gilbert funktionierte das wie der Automatismus eines Buster-Keaton-Gags.

»Komm schon, bitte … Was hast du nochmal der Dame zugeschrien, durch die Badezimmertür?«

»Pff … ich habe geschrien *Mach's gut, Simone!*«

»Und was noch?«

»*Gilbert und ich sind da, um dich zu retten!*«

Und schon lachte Gilbert sich kaputt.

»Und was stand auf unserem Brief?«

»Da hieß es: *Simone, wenn Romeo tief schläft, schleich dich aus dem Bett und zu uns!*«

Jefferson prustete los und lachte Tränen, und das Lachen schüttelte ihn derart durch, dass er sich sogar auf die Schuhe pinkelte.

7

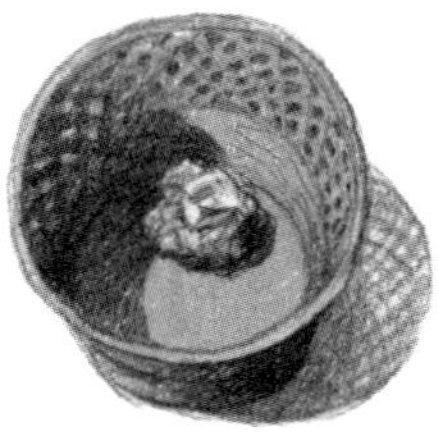

Es war drei Uhr morgens, als Gilbert Titine vor seiner Werkstatt, dreihundert Meter von seinem Wohnhaus entfernt, einparkte. Die letzten hundert Kilometer waren ihm endlos vorgekommen, er hatte kaum noch die Augen offen halten können, er war fertig.

»Ich habe keine Lust, dich nach Hause zu bringen. Hol deine Luftmatratze, du schläfst bei mir. Wir machen uns Reis, ich glaub, ich hab noch welchen.«

Während Gilbert das Essen fertig machte, blies Jefferson seine Matratze auf, und bald saßen sie am Küchentisch und pickten in ihre jeweilige Pyramide von *Ben's Original*. Sie hatten das Gefühl, schon seit drei Wochen ununterbrochen zusammen gewesen zu sein.

»Puh«, holte Jefferson endlich Luft, »das Blödeste ist, dass wir im Fall Simone wieder bei Null sind. Sollen wir aufgeben? Was meinst du?«

Gilbert schwieg ein paar Sekunden lang, dann murmelte er ganz leise, sodass Jefferson ihn kaum verstehen konnte:

»Wenn sie nicht in Stolzl ist, dann weil sie woanders ist, und ich weiß, wo.«

»Wie bitte?«

»Ich weiß …«, antwortete Gilbert gähnend, »ich weiß, wo Simone ist. Aber jetzt kann ich nicht mehr. Ich gehe schlafen. Wir sprechen morgen darüber. Gute Nacht!«

»Nein, nein, so nicht! Du wirst es mir sagen, und zwar sofort. Woher weißt du denn, wo sie ist?«

»Ich weiß es.«

»Da verblüffst du mich aber! Da sind Hercule Poirot, Inspektor Columbo und Sherlock Holmes zusammen nichts gegen. Du bist ein Genie!«

»Nein, ich bin eine Null, ein Versager, eine arme Sau, ein …«

»Hör endlich auf und sag's mir.«

»Ach Mist, das ist nicht so einfach zu sagen! Du wirst mich verachten …«

Gilbert war jetzt hellwach und krümmte sich auf seinem Stuhl wie eine Made, die einen Liter schwarzen Kaffee getrunken hat.

»Gut, ich werde es dir sagen, aber ich möchte nicht, dass du mich ansiehst, wenn ich es dir sage.«

Jefferson wusste nicht, was er machen sollte.

»Du möchtest, dass ich die Küche verlasse und dir durch die Tür zuhöre?«

»Nein, du musst nur nach unten auf deinen Teller gucken.«

»Okay.«

Jefferson legte seine Gabel ab und steckte seine Nase beinahe in das, was von dem Reis noch übrig war.

»Also los, Gilbert!«

Als nichts kam, ermunterte er ihn:

»Ich bin dein Freund, du kannst mir alles sagen.«

Jetzt formte Gilbert mit kläglicher Stimme diese Worte:

»Jeff, ich habe bei Simone rumgeschnüffelt.«

Er erzählte, dass er schon am Tag nach seinem ersten Besuch wieder ins Haus gegangen war, um herumzuschnüffeln, und dass er das nach einer Woche wieder getan und dabei – »wie du weißt, Jeff« – entdeckt hatte, dass der Schlüssel sozusagen von einem Schuh in den anderen gesprungen war, und dass er sich seitdem große Sorgen gemacht hatte. War Simone vielleicht selbst noch einmal wiedergekommen? Oder war es jemand anderes? Jefferson blieb mit seiner Nase im Reis, und das kam ihm jetzt sehr zupass.

»Ich bin jedes Mal reingegangen, ohne zu wissen, was ich suchte. Ich hoffte, der Zufall würde mir helfen.«

Er war denselben Weg gegangen wie Jefferson: Wohnzimmer, Küche, Schlafzimmer und zuletzt das Arbeitszimmer.

»Ich habe beim ersten Mal einen Schuhkarton voller persönlicher Briefe gefunden. Ich habe nur die letzten zwei oder drei überflogen, aber nichts Unnormales festgestellt. Banalitäten. Ich habe sie nicht gelesen, Jeff, nur überflogen!«

»Schon gut, Gilbert, du brauchst dich nicht zu verteidigen.«

»Okay, und beim zweiten Mal habe ich einen Blick auf ihren Papierkram geworfen, unten im Schreibtisch. Verwaltungssachen, und auch da habe ich nichts Interessantes gefunden.

Aber ja, dachte Jefferson, *so wird man kein Detektiv. Man braucht Intuition, Gespür, Grips …*

»Und dann – ich war schon drauf und dran, den Schlüssel wieder an seinen Platz zu legen – hatte ich eine Erleuchtung.«

»Eine Erleuchtung?«

»Ja, weißt du, das sichere Gefühl, dass ich während meines Besuchs etwas Wichtiges gesehen hatte, über das ich hinweggegangen war, ohne darauf zu achten, obwohl ich es hätte tun sollen. Eine Sache, die ich gesehen hatte, ohne sie wirklich wahrzunehmen, verstehst du?«

»Nein, nicht wirklich. Kannst du das vielleicht etwas genauer beschreiben?«

»Ja, etwas, das dein Auge gesehen hat und das seinen Weg zum Gehirn gemacht hat, aber da nicht richtig angekommen ist, verstehst du?«

Jefferson ging das allmählich auf die Nerven.

»Ich verstehe das mehr oder weniger. Aber komm zur Sache. Kann ich übrigens meinen Kopf wieder hochnehmen?«

»Ja natürlich, ich hatte das ganz vergessen. Also das, wovon ich rede, war im Arbeitszimmer.«

»Im Arbeitszimmer?«

»Ja, ich bin dahin zurückgekehrt und hab es gefunden. Es lag im Papierkorb. Ich hatte gedacht, er wäre leer, aber das war nicht ganz der Fall. Es war genau das, was mein Auge gesehen hatte, ohne es wahrzunehmen ...«

Jetzt geht das schon wieder los, dachte Jefferson, doch er sagte nichts.

»Da war noch ein Kügelchen von zerknülltem Papier. Ich habe es mit den Fingerspitzen auseinandergezogen. Das Blatt hatte einen Fleck. Einen großen braunen Fleck. Doch man konnte trotzdem alles lesen ...«

»Ja und?«, fragte Jefferson.

»Es war eine Seite von Google Maps. Simone hatte sie ausgedruckt, aber dann ist offenbar ihr Kaffee darauf gekippt, und sie hat sie in den Papierkorb geworfen und sie noch einmal neu gedruckt.«

»Und welcher Ort war es?«

»Morgand.«

»Morgand? Ist das nicht im Süden?«

»Genau, nicht weit vom Menschenland.«

Jefferson fand, dass dies jetzt der ideale Moment war, seinerseits zu gestehen, dass er bei Simone eingedrungen war und in ihren privaten Unterlagen gewühlt hatte. Auch er hatte eine wichtige Entdeckung gemacht: Diese erhebliche monatliche Abbuchung vom Konto ihrer Freundin war doch verdächtig, oder etwa nicht?

Nachdem sie nun beide ihr Gewissen erleichtert hatten, fielen sie auf ihre jeweilige Schlafstätte und schliefen schon nach ein paar Sekunden ein.

Beim Frühstück trafen sie zwei wichtige Entscheidungen, während sie ihr Weißbrot in ihren Kakaobecher tunkten.

Erst einmal würden sie jetzt ganz gewiss nicht aufgeben! Sie würden nach Morgand fahren und um jeden Preis Simone ausfindig machen.

Weiterhin wollten sie nicht alleine handeln. Ihr Misserfolg in Stolzl hatte ihnen die Grenzen dessen aufgezeigt, was sie zu zweit erreichen konnten. Und der außerordentliche Erfolg ihres Ausflugs nach Domburg vor vier Jahren bestärkte sie in der Idee, dass Einigkeit in einer Gruppe stark macht. Allerdings konnten sie nicht noch einmal zu siebenundzwanzig aufbrechen.

»Und wenn jeder von uns jemanden aus der Reimann-Reisegruppe wählte?«, schlug Jefferson vor. »Dann wären wir zu viert.«

Gilbert fand die Idee prima und vermehrte sie um eine Variante:

»Und wenn wir uns gegenseitig überraschten? Am Morgen der Abfahrt soll jeder von uns seinen Partner mitbringen!«

»Super Idee, Schweinchen!«

Sie trennten sich neu belebt, guter Dinge, voller Mut und neuer Hoffnung mit einem:

»Gut, wir halten uns auf dem Laufenden.«

Und einem:

»Geht klar!«

8

Herr und Frau Hild wohnten in einem ruhigen Viertel am Eingang der Stadt. Ein Oma-Opa-Haus, fand Jefferson, als er das Gittertor aufstieß. Er durchquerte den kleinen Vorgarten, der im Frühjahr bestimmt recht hübsch aussah, und stieg die paar Treppen zum Hauseingang hoch. Die Tür öffnete sich, bevor er geschellt hatte, und Herr Hild begrüßte ihn mit einem breiten Lächeln.

»Mein lieber Jefferson, ich freue mich über Ihren Besuch. Kommen Sie doch bitte herein …«

Seit dem Augenblick, als Gilbert seine Idee akzeptiert hatte, dass sie sich einen von den »Reimanns« als Begleiter auswählen sollten, hatte Jefferson gewusst, wen er haben wollte: Herrn Hild!

Der freundliche Dachs und seine Frau hatten während der Reise nach Domburg zunächst Distanz gehalten, weil Herr Edgar, ihr artverwandter Freund, von einem Igel ermordet worden war – das glaubten sie jedenfalls. Und Jefferson war eben ein Igel. Aber bald hatten sie verstanden, dass das ungerecht war. Sie hatten sich bei ihm entschuldigt, und danach waren sie die wertvollsten Verbündeten geworden. Jefferson schätzte die erlesene Höflichkeit von Herrn Hild und sein Vokabular, das noch aus einer anderen Zeit stammte. Er war nicht mehr ganz jung, doch er konnte mit seiner Intelligenz und seinem Wissen einen Beitrag leisten.

Das Wohnzimmer war dunkel und still. Bücher nahmen eine ganze Wand ein, und eine Leiter erlaubte es, an die oberen Regale zu gelangen. Das Klavier schlief. Ja, man war hier nicht bei Romeo Terrier!

»Nehmen Sie doch Platz«, sagte Herr Hild und zeigte auf einen Stuhl. Jefferson war ihm dankbar, dass er ihm nicht den Ledersessel zugewiesen hatte, der so tief war, dass er ihn verschlungen hätte.

»Was möchten Sie trinken? Sagen Sie, was Sie erfreuen würde. Ein Fruchtsirup? Ein Tee? Eine heiße Schokolade? Oder einfach ein Glas Wasser?«

»Ich hätte gern einen Kakao, aber Sie sollten sich keine …«

»Überhaupt nicht. Ich mache Ihnen gern einen.«

Herr Hild kam mit einem Tablett aus der Küche zurück, das mit zwei Tassen, zwei gefalteten Servietten, einem Teller mit Keksen und einer dampfenden und duftenden Kakaokanne beladen war.

Jefferson hatte ein Bild von Frau Hild bemerkt, das eingerahmt auf einem kleinen Tisch stand, und Herr Hild fing seinen Blick auf.

»Ja. Esther hat uns vor nächste Woche zwei Jahren verlassen. Sie ist im Schlaf gestorben, hier in unserem Haus.«

»Oooh!«, seufzte Jefferson, wie wenn man ihm wehgetan

hätte. Er hatte keine Erfahrung mit solchen Situationen. Bestimmt hätte er *mein herzliches Beileid* oder so etwas zu sagen, doch er fand das zu formell und gar nicht schön. Ihm fielen andere, einfachere Worte ein.

»Oh, das ist traurig, ich habe sie gern gemocht …«

Er stellte fest, dass er das Unglück schon geahnt hatte, bevor er das Bild gesehen hatte. Wegen der Stille im Haus, wegen etwas trotz aller Höflichkeit Traurigem im Benehmen von Herrn Hild.

»Ich erinnere mich an sie, damals, als Sie in Domburg zu uns gekommen sind und meine Hand geschüttelt haben«, begann Jefferson wieder. »Es ging mir an dem Abend nicht so gut, und Sie, ööh … haben mich aus dem Loch herausgeholt. Es klingt vielleicht komisch, aber das ist eine meiner schönsten Erinnerungen. Und ich habe viel dabei gelernt.«

»Auch wir«, entgegnete Herr Hild mit leuchtenden Augen, »haben von Ihnen und Ihrem Freund Gilbert gelernt. Welch ein Wagemut! Esther und ich haben noch oft darüber gesprochen. Nun nehmen Sie schon von den Keksen, es sind doch genug da!«

Sie riefen sich gegenseitig die wichtigsten Momente dieser verrückten Woche bei den Menschen ins Gedächtnis und lachten am Ende herzlich bei der Erinnerung an ihre Reisegefährten.

»Ihr Familienname ist doch Walden von Waldeck, nicht wahr?«

»Ja, genau.«

»Dann sind Sie ja vielleicht verwandt mit Winston Walden von Waldeck, der an der Universität Genetik gelehrt hat?«

»Ja, das war mein Großonkel.«

»Ach, ich war mehrere Jahre lang sein Kollege. Was für ein brillanter Kopf! Und eine sehr liebenswürdige Persönlichkeit, was aber gar nicht dagegen spricht.«

»Genau!«, sagte Jefferson aufs Geratewohl und beeilte sich hinzuzufügen: »Und Sie, was haben Sie gelehrt?«

»Latein und Griechisch, die alten Sprachen.«

Die Unterhaltung ging noch eine Weile so weiter, bis Herr Hild zur Sache kam.

»Aber sagen Sie mir jetzt, was Sie herführt. Am Telefon haben Sie sich ja recht kurzgefasst, deshalb bin ich neugierig, was Sie von mir erwarten.«

»Also. Herr Hild, Sie erinnern sich bestimmt ...«

Jefferson versuchte, die Sache mit Simone so gut er konnte zu erklären: ihr Verschwinden; den Brief, den sie für Gilbert zurückgelassen hatte und den er beinahe Wort für Wort aus dem Gedächtnis zitierte (wobei er allerdings das »kurzbeinig« wegließ, das ihm immer noch quer im Hals steckte); ihre Isoliertheit; das *Ich bin nicht sicher, ob Sie das gut fänden* (Herr Hild bemerkte natürlich die Litotes); die bedeutende monatliche Überweisung von ihrem Konto ... Da er nicht fand, dass das noch viel zur Sache tat, hielt er sich nicht lange mit ihrem Ausflug nach Stolzl auf, der sich als Fiasko erwiesen hatte.

Als er fertig war, nickte Herr Hild mehrmals, in der Art, wie wenn jemandem etwas zu einer Sache einfällt.

»Sehen wir einmal, Jefferson. Alles, was sie berichten, deutet in eine Richtung. Ich bin mir noch nicht vollkommen sicher, doch das alles führt mich dazu zu glauben, dass ...«

»Zu glauben, dass?«

»Für mich sind bei Simone alle Bedingungen erfüllt: ihre empfindliche Gesundheit, ihre nichtvorhandene Familie, ihre Einsamkeit, ihr kleines Vermögen. Sie scheint mir das ideale Ziel für eine bestimmte Art von bösartigen Leuten zu sein …«

»An welche bösartigen Leute denken Sie, Herr Hild?«

»Ich würde mich ja gerne irren, aber ich denke an … eine Sekte.«

Aber sicher doch!, sagte sich Jefferson, *wieso sind wir nicht selbst darauf gekommen?* Bestimmt, weil das Angst gemacht hätte, mehr noch als der bedrohliche Terrier. Alles passte jetzt zusammen. Außer vielleicht dieses Detail in Simones Brief: *Aber ich habe auch angefangen, Fantasieschmuck zu fabrizieren, und an einem Sommertag habe ich mir ein Herz gefasst und bin zum Markt gefahren, um die Sachen zu verkaufen. Und da ist es passiert …*

»Aber doch!«, erklärte Herr Hild. »Offenbar hat man sich bei dieser Gelegenheit an sie herangemacht. Esther und ich hatten Freunde, deren Tochter von einer Sekte angeworben worden war, und ich habe mich für die Rekrutierungstechniken dieser üblen Zeitgenossen interessiert. Sie schicken jemanden, der der Zielperson ähnelt, damit sie sich in Sicherheit wiegt. Sie nehmen sich Zeit, bearbeiten dich und verwöhnen dich; das kann Monate dauern.«

Jefferson musste an das Foto in Simones Wohnzimmer denken, auf dem sie mit der Menschenfrau posiert, die sie an einem Wanderweg umarmt. Er stellte sein Handy an und zeigte es Herrn Hild.

»Achtung«, grummelte der, »Sie haben selbst sehr viel durchmachen müssen wegen einer falschen Verdächtigung, also Vorsicht! Doch ist das womöglich eine Spur, der man folgen sollte. Apropos Spur: Sie sagten, Ihr Freund Gilbert habe eine Idee, wohin Simone aufgebrochen sein könnte?«

»Ja, sie soll in einen Ort namens Morgand gefahren sein.«

»Morgand? Ach, das ist eine sehr schöne Gegend! Flüsse, Wälder, Burgen … ganz nahe an der Grenze zum Menschenland. Stellen Sie sich vor: Esther und ich haben unsere Hochzeitsreise dahin gemacht, vor langer Zeit. Denken Sie daran, dorthin zu reisen?«

Ja, und Sie mitzunehmen!, hätte Jefferson am liebsten auf der Stelle gesagt, doch es hieß, umsichtiger vorzugehen. Er berichtete von der Idee, die Gilbert und er gehabt hatten, und während er das im Einzelnen ausführte, begann sich auf Herrn Hilds Lippen ein amüsiertes Lächeln abzuzeichnen.

»Ich glaube, ich verstehe: Als Sie auf mich zugegangen sind, war das nicht nur, um meine Ratschläge zu erhalten; Sie möchten auch, dass ich Sie begleite! Ist es das?«

Jefferson nickte lebhaft.

»Ja, das stimmt. Doch bevor wir Sie mit unseren Problemen behelligen, muss ich Ihnen die ganze Wahrheit sagen, Herr Hild: Gilbert und ich sind nur mittelgute Detektive; das meiste ist bei uns Glücksache. In dieser Angelegenheit wissen wir gar nichts sicher; die einzige Spur, die wir haben, ist nicht sehr belastbar, und der Lieferwagen, mit dem wir uns aufmachen wollen, ist es noch weniger. In Anbetracht unserer bescheidenen Mittel wird es auch unser Etat für Unterkunft und Verpflegung sein. Wir müssen mit gefährlichen Situationen rechnen, und schließlich hat Simone uns um nichts gebeten …«

»Mein lieber Jefferson, ich weiß Ihre Offenheit zu schätzen, sie ehrt Sie. Aber Sie werden verstehen, dass ich Ihnen unter diesen Umständen nicht auf der Stelle antworten kann. Sie müssen mir Zeit zum Nachdenken geben. Was halten Sie von … zwei Minuten?«

Jefferson, der mit zwei Wochen gerechnet hatte, konnte dem nur zustimmen.

»Während Sie warten, vertilgen Sie doch bitte diese drei unglücklichen Kekse«, schlug Herr Hild vor und schlürfte dann nachdenklich seinen Kakao.

Dann nahm er sich viel Zeit dafür, die Tasse abzusetzen, seine Lippen mit der Serviette abzutupfen und sich zu räuspern.

»All die Dinge, die Sie aufgeführt haben und die gegen das Unternehmen sprechen, sind gewichtig. Dazu kommt etwas, das Sie rücksichtsvollerweise nicht genannt haben: Ich bin nicht mehr der Jüngste. Wenn es darum geht, einer Sache auf den Grund zu gehen, gute Sätze zu verfassen und bei Gelegenheit auch einen Konjunktiv Imperfekt unterzubringen, bin ich noch ganz gut, doch wenn es darum geht, durch einen Sumpf zu waten, Stacheldrahtverhaue zu überwinden oder mich zu schlagen, bin ich es weniger. Andererseits aber muss ich nach diesen zwei schwierigen Jahren endlich wieder auf andere Gedanken kommen. Kurz, nach Abwägung des Pro und Kontra sage ich ja. Haben Sie bereits einen Termin für den Aufbruch festgelegt?«

Jefferson vermied es, die Fäuste zu ballen und ein Sieges-*Ja*! auszustoßen.

»Es soll dieser Samstag sein, also in drei Tagen. In der Zeit kann Gilbert den rechten Kotflügel seines Lieferwagens reparieren und den Wagen dafür herrichten, dass er vier Passagiere aufnehmen kann. Wir finden, dass wir nicht lange warten sollten.«

»Da denke ich genauso! Wenn unsere liebe Simone wirklich in die Fänge einer Sekte geraten ist, schwebt sie in großer Gefahr, und wir müssen schnell handeln. Aber ich sehe auch eine positive Seite: den Inhalt und die Sprache ihres Briefs.«

»Wie meinen Sie das?«

»Ich meine, dass Simone wahrscheinlich nicht ganz unerreichbar ist. Sie zeigt, dass sie sich noch immer mit ihrer

Vergangenheit und den Menschen verbunden fühlt, die sie geliebt hat und zu denen offenbar auch Sie gehören. Ihre Gedanken sind anscheinend noch immer klar, und ihre Sprache ist nicht vernebelt. Kurz, sie ist immer noch auch ein bisschen auf unserer Seite, und das lässt mich hoffen, dass es noch nicht zu spät ist.«

Jefferson bedankte sich so lebhaft, dass Herr Hild ihn unterbrechen musste:

»Langsam, langsam, ich bin es, der zu danken hat. Sie bringen einen wunderbaren frischen Wind in dieses traurige Haus. Dank Ihnen werde ich vielleicht sogar für eine ganze Weile wieder wissen, warum ich morgens aufstehe. Esther wäre begeistert. Ich bin am Samstag dabei!«

An der Straßenecke hielt Jefferson an, zog sein Notizbuch aus der Tasche und notierte: *»Unglückliche Kekse«: elegante Formulierung, merken!*

Während der drei folgenden Tage telefonierten Jefferson und Gilbert viel, wegen der Vorbereitungen. Die Vermutung, dass sie es mit einer Sekte zu tun haben würden, änderte die Vorgaben. Wie lange würde ihre Unternehmung dauern? Drei Tage oder drei Wochen? Was mussten sie deshalb mitnehmen? Welche Kleidungsstücke? Würde es kalt sein in Morgand? Brauchten sie einen Camping-Klapptisch? Stühle? Eine Vorratskiste? Es gab so viele Ungewissheiten. Sie taten, was sie konnten.

Gilbert hatte seine »Person« gewählt, und die hatte begeistert akzeptiert, sagte er; doch er lehnte es ab, sie zu nennen. Und so machte es auch Jefferson.

Am Samstagmorgen fanden sich beide pünktlich am Treffpunkt ein, vor Gilberts Werkstatt. Der hatte einen riesigen Sessel hinten in Titines Laderaum angebracht.

»Das ist ein Zahnarztstuhl, ich hab ihn für lau von einem Freund meines Vetters Roland gekriegt. Er ist superbequem. Und man kann die Lehne verstellen.«

Jefferson legte seinen Reisetasche, seinen Rucksack und seine Luftmatratze ab. Dann sah er sich mit großer Neugier in der Umgebung um. Wen hatte Gilbert wohl angeworben? Walter Schmitt etwa? Der wäre in der Tat wertvoll, wenn es zu einem Kampf käme und physische Kraft gefragt wäre. Aber wie sollten sie diesen grobschlächtigen Kerl mit seinen nervtötenden Witzen unterwegs aushalten? Nein, dafür war Gilbert zu klug. Vielleicht hatte er ein weibliches Wesen vorgezogen, eine Person, die sich in Simone hineinversetzen konnte, zum Beispiel Frau Brüderle, das feinfühlige und Ruhe verbreitende Schaf, oder die kleine junge Kuh, mit der Simone sich so gut verstanden hatte. Andererseits würden sie jetzt mehrere Nächte eng beieinander in dem Lieferwagen zubringen, und unter diesen Umständen würden sie sich unter Männern wohler fühlen.

Als er mit seinen Überlegungen an dieser Stelle angekommen war, zeichneten sich in der Ferne die Umrisse von Gilbert und seiner »Person« ab. Jefferson gab ein bestürztes »Oh, nein …« von sich.

Strahlend lief Herr Schmitt auf sie zu, gekleidet in militärische Tarnklamotten und mit schweren Soldatenstiefeln an den Füßen. Zwei schwere Koffer zogen seine Arme nach unten. Auf seinen Schultern ruhte zusammengerollt ein raumgreifender Schlafsack.

Der Zufall wollte, dass Herr Hild zum selben Zeitpunkt aus der anderen Richtung anlangte. Er zog einen Rollkoffer hinter sich her.

»Oh, der nette Herr Schild!«, rief Schmitt aus, als er seinen Mitstreiter entdeckte. »Was für eine schöne Überraschung!

GROUIK

Also, ich geb ja zu, ich hab schon gefürchtet, auf eine der Füchsinnen zu stoßen oder gleich auf beide. Ehrlich, eine Woche mit denen war mehr als genug. Ich hätte mir am liebsten die beiden gegriffen und ihre Köpfe gegeneinanderknallen lassen!«

Die Verteilung der Plätze gab zu längeren Diskussionen Anlass. Die beiden Personen, die hinten sitzen mussten, würden von der Landschaft nichts mitbekommen. Gilbert saß natürlich von Amts wegen am Steuer, und Jefferson, der höflicherweise bereit war, seinen Platz zu tauschen, wurde von den beiden Eingeladenen daran gehindert.

»Keine Diskussion«, erklärte Herr Hild, »Sie bleiben bei Ihrem Freund; ich werd hinten schon zurechtkommen.«

»Ja, dann«, entschied Walter Schmitt, »nehme ich den Kinosessel, hahaha! Ich liebe es, Filme zu gucken, vor allem die mit Louis de Funès!«

Herr Hild Hatte keine andere Wahl, als es sich auf dem Zahnarztstuhl bequem zu machen, dessen Lehne in die für ihn bequemste Stellung gebracht wurde.

Als Gilbert den Zündschlüssel umdrehte, riefen alle zusammen im perfekten Gleichklang:

»Jetzt geht's los!«

Diese Harmonie war ein gutes Vorzeichen, und sie lachten darüber noch, als sie die Stadt verließen und den Weg nach Süden einschlugen. Jefferson nahm sich vor, auch hinter sich zu horchen, denn er war neugierig zu erfahren, was diese beiden so unterschiedlichen Personen, die hinten einander gegenübersaßen, sich wohl während der fünfstündigen Fahrt zu erzählen hatten. Und der Beginn ihrer Unterhaltung sollte ihn nicht enttäuschen.

»*Alea iacta est* …«, sagte Herr Hild.

»Wenn Sie es sagen …«, antwortete Schmitt.

9

Als Titine feststellte, dass sie dem Norden mit seinen mühsamen Steigungen und vereisten Hängen jetzt den Auspuff zuwenden konnte, fühlte sie sich wie verjüngt und lief fröhlich unter einer sanften Sonne, die bereits den Frühling ankündigte. Gilbert hatte ihre Seite ausgebeult, und seine Schwester hatte sie neu bemalt, witzigerweise mit einem Wundpflaster. Sie hatte Benzin im Tank, Öl im Motor, Wasser im Kühler und vier sympathische Fahrgäste an Bord. Das vollkommene Glück.

Hinten tastete man sich erst einmal vorsichtig ab. Die beiden Passagiere schwiegen, dann entwickelte sich langsam ein Dialog. Jefferson und Gilbert spitzten die Ohren und stellten sehr bald fest, dass das interessanter war, als Radio zu hören.

»Und Sie, Herr Schmitt, ich will ja nicht indiskret sein, aber in welcher Branche arbeiten Sie?

»In Kartonagen.«

»Kartons?«

»Ja, Verpackung, Lagerung, Schutz! Ich arbeite in Kartons, aber manchmal komme ich da auch raus. Echt! Hahaha! Und Sie, Herr Hinz, Sie sind Lehrer, stimmt's?«

»Ich war einer. Jetzt bin ich in Pension.«

»Und was war Ihr Fach?«

»Die alten Sprachen. Griechisch und Latein.«

»Ach, die toten Sprachen …«

»Genau.«

In diesem Augenblick verfluchte Jefferson sich selbst, weil er nicht erwähnt hatte, dass Frau Hild gestorben war. Jetzt war es dafür zu spät. In einer solchen Situation konnte man sich darauf verlassen, dass Herr Schmitt genau das Falsche sagen würde. Und er enttäuschte auch diesmal nicht.

»Und«, fragte er auf einmal mit Freude in der Stimme, »und wie geht es eigentlich Ihrer Frau? Wollte sie uns denn gar nicht begleiten?«

Keine Sekunde war er auf den Gedanken gekommen, dass es nicht nur ungeschickt, sondern schlicht und einfach katastrophal war, von der »toten Sprache« zu »wie geht es Ihrer Frau« überzugehen. Jefferson griff sich an die Stirn und warf Gilbert einen tödlichen Blick zu, der bedeutete: *Du hattest die Wahl zwischen fünfundzwanzig Personen, und ausgerechnet den da hast du genommen …*

Die Antwort von Herrn Hild konnten sie nicht verstehen, denn Titine musste eine Steigung bewältigen und Gilbert entsprechend dem Motor etwas mehr abverlangen. Doch als es wieder bergab ging, stellten sie fest, dass hinter ihnen das Gespräch leise weiterging, und sie schnappten genug Wörter davon auf, um zu verstehen, dass die beiden Herren über ihre jeweiligen Ehefrauen sprachen. Und als Gilbert für sie die Hecktür öffnete, damit sie zur Mittagspause aussteigen

konnten, hörte er, wie Herr Hild zu seinem Reisegefährten sagte:

»Ich danke Ihnen für das Gespräch.«

»Keine Ursache«, antwortete Herr Schmitt.

Der Rastplatz war ganz verlassen. Sie setzten sich an einen hölzernen Tisch unter Kiefern mit angeschraubten Sitzbänken, der anscheinend nur auf sie gewartet hatte, und sie packten ihren Reiseproviant aus. Herr Hild war kein großer Esser: ein bisschen Aufschnitt und ein Apfel genügten ihm. Die anderen langten munter zu, insbesondere Walter Schmitt, der reichliche Vorräte dabeihatte und gern alle einmal probieren ließ. Er hatte auch die ausgezeichnete Idee gehabt, eine Thermoskanne mit Kaffee mitzubringen. Den hatte seine Frau gemacht, die alle herzlich grüßen ließ. Während sie den Kaffee aus den Blechbechern schlürften, die sie auch mitgegeben hatte, wurde ihnen allen zum ersten Mal bewusst, was sie vereinte.

Gilbert schlug vor, dass Jefferson als Erster das Wort ergreifen sollte, da er doch der »Chef der Unternehmung« sei. Der weigerte sich natürlich, einen solchen Titel anzunehmen, musste allerdings zugeben, dass er die Untersuchung angestoßen hatte und sie auch zum Ende bringen wollte.

»Was wir ganz sicher wissen«, begann er, »sind nur wenige Dinge: 1. Als Simone ihr Haus verlassen hat, hat sie ihren Computer und ihr Handy zurückgelassen. 2. Sie ist freiwillig aufgebrochen. 3. Eine beträchtliche Summe wird bereits seit einiger Zeit monatlich von ihrem Konto überwiesen. 4. Anscheinend hat sie sich wenigstens zunächst in die Gegend von Morgand begeben. 5. Sie hat für Gilbert einen Brief hinterlassen, den er euch selbst vorlesen wird. Gilbert, machst du's?«

»Von Anfang bis Ende?«

»Das wäre wünschenswert, damit wir informiert sind«, meldete Herr Hild sich zu Wort, »außer natürlich, es handelte sich um persönliche Einzelheiten, die nichts zu unserer Untersuchung beitragen.«

»Besser könnte man es nicht sagen«, stellte Herr Schmitt fest, »jedenfalls bin ich derselben Meinung.«

Kommentarlos, aber nicht ohne sein Privileg zu genießen, begann Gilbert vorzulesen. Und was er vorlas, war immerhin entscheidend für ihre Untersuchung.

Lieber Gilbert, zunächst einmal bitte ich um Entschuldigung für meine kleine Lüge: In meinem Haus gibt es gar nichts zu reparieren …

Manche Passagen ließen die Zuhörer lächeln:

Sie kennen bestimmt das Lied: »Meine Milz wird immer dicker, und der Magen ist ganz platt …« Das ist bestimmt auf mich gemünzt gewesen.

Oder auch: … *und wenn es einen Ferienkurs für »Skulpturen aus Kohlstrünken« gegeben hätte, hätte ich auch den belegt.*

An anderen Stellen aber traten ihnen Tränen in die Augen: … *ich bin die letzte Vertreterin meiner Familie, die sich zwar wie durch ein Wunder über Generationen gehalten hat, deren Schicksal aber nun an einem Faden hängt: an mir.*

Doch als sie an die Stelle kamen, an der es über ihre gemeinsame Fahrt nach Domburg ging und die mit diesen Worten anfing: … *Ich erinnere mich besonders an den Tag, den wir damit verbracht haben, zu dritt durch die Altstadt zu wandern, im Sonnenschein, Sie, Ihr Freund Jefferson und ich* … verkrampfte sich bei Jefferson alles.

Gilbert, mein lieber Gilbert, sagte Jefferson zu sich, *wir sind Freunde, seit wir die ersten kurzen Hosen getragen haben, und nie-*

mals in all diesen Jahren waren wir wütend aufeinander. Aber wenn du mich in aller Öffentlichkeit demütigst, wenn du die drei Worte – du weißt schon, welche – aussprichst, die mich verletzen, wie ich dir erklärt habe, wenn du die aussprichst, dann ist es für immer vorbei, das solltest du wissen. Sei bitte ganz, ganz vorsichtig, Gilbert …

Offenbar verstand Gilbert diese Botschaft, denn er begnügte sich mit einem kaum hörbaren Räuspern, übersprang gnädig die zwei folgenden Zeilen und fuhr dann fort:

… ja, ich habe wirklich geglaubt, dass sich das nach unserer Heimkehr würde fortsetzen lassen können, aber nein, das beschränkte sich auf unser kleines Fest, bei dem wir die Fotos angesehen haben …

Und das Wesentliche ließ er nicht aus: *Ich kann Ihnen nicht sagen, wo ich bin, auch nicht, bei wem, und auch nicht, was ich jetzt mache. Ich bin nicht sicher, ob Sie das gut fänden.*

Und er schloss mit den Abschiedsworten, die zwar formelhaft, aber dennoch berührend waren: *Ich umarme Sie freundschaftlich, ebenso wie Ihren Freund Jefferson und alle Reimanns. Simone.*

Jefferson dankte dem Vorleser und übernahm wieder das Wort, um Walter Schmitt darüber zu informieren, dass Herr Hild angesichts dieser Informationen es für nicht unwahrscheinlich gefunden hatte, dass Simone in die Abhängigkeit von einer Sekte gekommen war.

»Hmmja«, äußerte sich Herr Schmitt unbehaglich, »wenn es so ist, sind die Aussichten schlecht. Mir wäre eine weniger komplizierte Sache, also ein klarer Fall, lieber gewesen. Denn es ist schwierig, jemanden zu retten, der das gar nicht will.«

»Sie haben die Schwierigkeit, vor der wir stehen, sehr korrekt zusammengefasst«, pflichtete ihm Herr Hild bei. »Jedenfalls müssen wir als Erstes diese Sekte – wenn es sie überhaupt gibt – ausfindig machen und herausfinden, ob unsere Freundin Simone tatsächlich dort festgehalten wird.«

»Ich habe im Netz *Morgand, Somena* eingegeben, aber da kam nichts«, meldete Jefferson sich zu Wort.

Sie fuhren nun weiter, und diesmal bestand Jefferson darauf, mit Herrn Hild den Platz zu tauschen, bis dieser einwilligte, nach vorn zu gehen. Sie näherten sich dem Ziel, und ihm wäre es bestimmt eine Freude, die Landschaft wiederzuentdecken, die er einst mit Esther genossen hatte.

Und das war auch aller Mühen wert: Die Straße schlängelte sich zwischen bewaldeten Hügeln hindurch. Auf den Höhen erblickte man von Zeit zu Zeit eine Burg, und in den Einschnitten dazwischen hatten kleine stille Seen ihren Platz gefunden.

»Es ist ganz unverändert«, seufzte Herr Hild. »Wir sind damals in einem Hotel abgestiegen, das sich *Musette am See* nannte. Die Wirtsleute hatten es wegen ihrer Tochter namens Musette so genannt, die damals so fünfzehn oder sechzehn Jahre alt war. Bestimmt gibt es das heute nicht mehr.«

Gilbert hob den Kopf.

»Aber vielleicht doch. Wo war es denn?«

»Am Ufer eines der Seen. Es war Sommer, und wir haben sogar ein Mitternachtsbad genommen. Das war verboten, wie wir wussten, aber nun … Am folgenden Morgen fragte uns die Wirtin beim Frühstück, ob wir gut geschlafen hätten, trotz der frechen Jugendlichen, die mitten in der Nacht gebadet und einen Höllenlärm gemacht hätten. Und wir hatten das Gefühl, dass sie uns durchschaute. Ich weiß nicht, wie sie das mitbekommen hatte. Wir hatten versucht, keine lauten Geräusche zu machen, doch Esther musste so laut lachen. Ach, wie lang ist das alles her …«

Am Ende einer Kurve tauchte plötzlich ein Schild – *Morgand 3 km* – vor ihnen auf und beförderte sie wieder in die Gegenwart. Gilbert klopfte an das Gitter in seinem Rücken, und sogleich tauchte das Gesicht von Jefferson zwischen den beiden Vordersitzen auf.

»Was ist los?«

»Wir kommen gerade an!«

Sie hielten an einem Rugbyplatz am Ortseingang, und alle stiegen aus, um den Platz zu erkunden, der ihnen ganz ideal vorkam. Alles war offen und gepflegt, der Boden eben, und wenn sie den Lieferwagen hinter den Umkleideräumen abstellten, wäre er nicht zu sehen. Ein an die Mauer geschraubtes Schild verkündete hochtrabend: Raymond-Sanftleben-Stadion.

»Mit ein bisschen Glück …!«, rief Gilbert und ging zum Eingang.

Und er hatte sich nicht geirrt: Die Tür zu den Umkleideräumen war unverschlossen, und es gab sogar fließendes warmes Wasser.

»Wie ihr seht, haben wir Toiletten, Waschbecken, Duschen und Steckdosen, um unsere Handys aufzuladen. Drei Sterne, meine Herren! Wem sagt man danke?«

»Danke, Gilbert, aber ich bin mir nicht sicher, ob es erlaubt ist, das alles zu nutzen«, warf Herr Hild ein, »und ich habe keine Lust, mich jedes Mal beschimpfen zu lassen, wenn ich wieder in diese Gegend komme.«

»Lasst uns in das Kaff gehen«, schlug Jefferson vor, »da können wir uns ja erkundigen.«

Die Nacht senkte sich herab, und auch die Temperatur sank. Morgand war ein wirklich kleiner Ort, und um diese Zeit herrschte hier eine fast beunruhigende Stille. Die paar

Läden um den Hauptplatz waren geschlossen. Nur in einer altmodischen Kneipe gab es anscheinend noch Leben. *Bei Denise und Guntram,* hieß es auf dem Schild. Sie drückten die Tür mit ihren fadenscheinigen Gardinen auf und traten im Gänsemarsch ein. Die Wirtsleute, ein Esel und eine Eselin unbestimmten Alters, hielten sich hinter dem Tresen auf: Guntram las die Sportseite der *Trompete,* und Denise war über der Seite 12 eines Kreuzworträtselhefts Schwierigkeitsgrad 3 eingeschlafen. Sie brummelte in ihre Richtung ein »n'Abend«, das nicht gerade Lust machte, ihr um den Hals zu fallen.

»Guten Abend«, sagte Jefferson, »können wir hier etwas zu trinken bekommen?«

»Öhjaa«, brummte die Frau und wies mit dem Kinn auf den leeren Gastraum. Sie nahmen an, dass das ein Ja war, und setzten sich an den erstbesten Tisch. Herr Schmitt bestellte ein Bier, und Gilbert, der ja nicht mehr fahren musste, ebenso. Herr Hild nahm Aprikosensaft und Jefferson seine gewohnte Limonade. Guntram, den Gilbert alsbald *Der Blitz* nannte, bediente sie mit einer nervtötenden Langsamkeit. *Kling, kling* machten die Getränke auf dem Tablett, als er mühsam den Raum durchquerte. Jefferson fragte sich, ob wohl alle Kellner-Esel so verschlafen waren. Gott sei Dank hatte Marco im *Vesuvio* etwas mehr Energie.

»Komm'n Se …«, begann Guntram und stellte die Biergläser auf den Tisch »… wegen …«, und unterbrach sich erneut, um die Flasche mit dem Aprikosensaft zu öffnen, »… dem Spiel?«

»Welchem Spiel?«

»Na, dem Derby …«

Man musste ihm die Wörter aus der Nase ziehen. Am Ende hatten sie verstanden, dass übermorgen Nachmittag Morgand gegen den Erzfeind Crampoll spielen würde, in einem Entscheidungsspiel, und dass es »Blut auf den Rängen« geben würde. Das passte ihnen nicht so recht, denn sie wollten ja in Ruhe im Stadion bleiben, doch als Denise ihnen versicherte, dass sie gern die Umkleideräume benutzen könnten und der Rugbyplatz auch schon mal als Campingplatz diente, wollten sie gern dort bleiben. Sie meinte, sie bräuchten sich nur am nächsten Tag auf dem Rathaus zu melden, um eine kleine Gebühr zu bezahlen.

Guntram und Denise hatten ihre Plätze hinter dem Tresen wieder eingenommen, und es herrschte bleiernes Schweigen im Saal. Da nahm Herr Hild die Sache in die Hand.

»Sagen Sie, haben sie etwas von einer … wie soll ich sagen … so einer Art Kommune gehört, die sich in dieser Gegend niedergelassen hat?«

»*Öööh … äääh …*«, brummte Guntram statt einer Antwort.

Denise wiederum blies die Backen auf und ließ so etwas wie einen Rülpser vernehmen, der offenbar sagen wollte: »Keine Ahnung.«

Herr Hild hob die Hände, er hatte es ja wenigstens versucht.

»Klar gibt es da diese Bekloppten …«

Alle vier drehten sich zu der Person um, die da gesprochen hatte, einer zierlichen Spitzmaus mit dicken Brillengläsern, die allein an ihrem Tisch saß und sich an ihrem Glas wie an einem Rettungsring festhielt. Keiner von ihnen hatte sie vorher bemerkt.

»Ja, es gibt die Verrückten da oben … meinen Sie vielleicht die?«, äußerte sie mit ihrer rauen Stimme.

»Ja, vielleicht. Aber von was für Verrückten reden Sie?«

»Nun von denen, die da so komische Sachen machen … verstehen Sie?«

»Nicht wirklich, können Sie das vielleicht etwas genauer sagen?«

»Nun ja, sie machen ihre Sachen so komisch …«

Jetzt wurde Denise auf einmal lebendig. Sie stand auf und schimpfte los wie ein Maschinengewehr:

»Halt jetzt den Mund, du Knalltüte… trink aus und geh nach Hause, los … Wir schließen, meine Herren, tut mir leid.«

Herr Hild hatte kaum Zeit zu zahlen, und dann waren sie schon draußen. Sie hätten gern noch etwas mit der Spitzmaus geplaudert, doch die war in der Nacht verschwunden. Jefferson machte die Taschenlampe seines Handys an und ging voran zum Rugbyplatz.

Sie aßen im Warmen, auf den Bänken der Umkleide. Walter Schmitt hatte einen seiner beiden Koffer auf den Bodenfliesen geöffnet. Er enthielt ein Dutzend Tupperdosen mit leckeren Speisen, die seine Frau zubereitet hatte, mehrere Flaschen Wein und mindestens zehn Tafeln Schokolade. Jetzt fand Jefferson, dass Gilbert seine Person doch gar nicht so schlecht gewählt hatte.

Nachdem sie sich kurz gewaschen hatten, krabbelten sie in den Lieferwagen und bliesen auf den Knien gemeinsam ihre Luftmatratzen auf. Jefferson hatte seine Taschenlampe oben an den Zahnarztsessel gehängt. Er und Herr Hild trugen einen warmen Schlafanzug, Gilbert hatte seine Oberbekleidung an, und Walter Schmitt nur eine Unterhose und ein T-Shirt.

»Ich spüre keine Kälte«, erklärte er, »das liegt an meinem Stoffwechsel.«

Dann schlüpften sie in ihre Schlafsäcke und lagen jetzt eng beieinander wie die Sardinen in ihrer Dose.

»So, ich mach jetzt das Licht aus …«, kündigte Jefferson an, so wie ein Papa, der das Kinderzimmer verlässt, wenn es Zeit zu schlafen ist.

Sie wünschten sich eine gute Nacht. Alle hatten beim Einschlafen die Stimme der Spitzmaus im Kopf: »Ja, es gibt die Verrückten da oben … meinen Sie vielleicht die?«

10

Der Vormittag führte zu keinen neuen Erkenntnissen. Zunächst, weil es nicht viele Bewohner gab, die sie hätten fragen können, aber auch weil alle Fragen nach einer Kommune (sie hüteten sich, von einer Sekte zu sprechen) zum selben Resultat führten: zu Schweigen, Kopfschütteln, ihnen zugedrehten Rücken. Man schickte sie immer woanders hin: Fragt doch den oder die. Und man gab ihnen die Frage zurück: »Warum fragen Sie uns das?«

Der einzige Hinweis, den sie hatten, war das »da oben«, von dem die Spitzmaus gesprochen hatte. Allerdings gab es ziemlich viele »da oben« in dieser Hügellandschaft. Trotzdem unternahmen sie eine Erkundungsfahrt durch die nähere Umgebung von Morgand, die ihnen immerhin vor Augen führte, dass dies eine sehr schöne Gegend war, auch wenn die Kastanien und Buchen noch nicht ihre Blätter ausgefahren hatten.

Ihr Ausflug hatte noch ein ganz unerwartetes Ergebnis. Als sie am Ufer eines Sees entlangfuhren, stieß Herr Hild, der gerade vorn saß, einen Schrei aus:

»Oh! Das ist es! Das ist es! Ich erkenne alles wieder! Gilbert, sind Sie so nett und halten hier an? Ich werde nicht lange brauchen, nur so lange, wie ich brauche, um mich zu vergewissern.«

Sogleich stieg er aus und lief den schmalen Weg zum See hinunter.

»Was ist denn los?«, fragte Walter Schmitt von hinten.

»Herr Hild ist gerade auf Pilgerfahrt gegangen ...«, gab Gilbert zurück.

»Ach, ich habe gedacht, er ist pinkeln gegangen. Und bei der Gelegenheit ...« Er stieg ebenfalls aus.

Eine gute Viertelstunde später kam Herr Hild zurück. Er wirkte ganz weggetreten.

»Ach, Freunde! Es tut mir leid, dass ich euch habe warten lassen, doch ich habe gerade etwas ganz Besonderes erlebt. Ich war in die Vergangenheit zurückversetzt! Ich habe tatsächlich das Gasthaus wiedergefunden, in dem ich während unserer Hochzeitsreise mit Esther abgestiegen bin, vor ... äh ... einer Reihe von Jahren. Es hat seinen Namen behalten: *Musette am See*, und es ist so gut wie unverändert, nur dass Musette inzwischen die Wirtin ist; sie ist ihren Eltern nachgefolgt und ist eine absolut ... sympathische Dachsdame geworden.«

Wieder am Rugbyplatz angekommen beobachteten sie eine ungewohnte Geschäftigkeit. Angestellte der Ortsverwaltung, alles Hasen, luden Kisten von einem Kleinlaster ab und trugen sie zum Kiosk. Jemand anderes fegte die Stufen der einzigen Tribüne auf der Nordseite. Und wieder ein anderer schob einen Plotterwagen, um die Linien auf dem Spielfeld nachzuziehen.

»Wird es eine gute Begegnung?«, fragte ihn Walter Schmitt.

»Ja, das fängt immer gut an«, antwortete der Junge, ohne anzuhalten, »doch es endet immer böse.«

»Ach, wieso denn das?«

»Weil die von Crampoll alles Gangster sind.«

»Alle?«

»Alle.«

Da Schmitt keine Lust hatte, neben dem Hasen herzulaufen, um das Gespräch fortzusetzen, wandte er sich an die, die am Kiosk beschäftigt waren.

»Entschuldigen Sie bitte, wer ist eigentlich dieser Raymond Sanftleben, nach dem das Stadion heißt?«

»Ein Spieler aus den fünfziger Jahren. Ein Typ, der anders war, als sein Name nahelegt, wenn Sie verstehen, was ich meine. Er kannte das Wörtchen *aua* nicht, aber er hat dafür gesorgt, dass viele seiner Gegner es gebraucht haben.«

»Verstehe. Und wird es ein gutes Spiel?«

»Gegen Crampoll ist es immer gut. Wenn es dann richtig losgeht, so wie jedes Jahr.«

»Jedes Jahr? Und seit wann?«

»Ungefähr seit hundert Jahren.«

»Gibt es da vielleicht einen gewissen Antagonismus zwischen den beiden Dörfern?«, mischte sich Herr Hild jetzt ein.

»Nein, keinen Anta… wie Sie sagen, es ist einfach Hass.«

»Und der Grund dafür?«

»Der Grund dafür ist, dass die aus Crampoll Knalltüten und Idioten sind.«

»Alle?«

»Alle.«

Das war vielversprechend.

Gegen ein Uhr Mittag begann das einheimische Publikum, sich zum Raymond-Sanftleben-Stadion aufzumachen, und man konnte sich fragen, woher auf einmal alle kamen. Ganze Familien nahmen auf den Stufen oder entlang der Spielfeldbegrenzung Platz. Sie hatten Fahnen in der grünen Farbe ihres Klubs dabei, auch Spruchbänder mit der Parole *Morgand ins Finale!* und Tröten, die einen ohrenbetäubenden Lärm machten.

Um halb zwei parkten zwei mit zerplatzten Tomaten, Müll und Schlamm bedeckte Busse von *Crampoll-Reisen* auf dem kleinen Parkplatz. Aus dem ersten stiegen sich gegenseitig deckend und misstrauisch um sich blickend etwa zwanzig Kerle, kräftig wie kanadische Holzfäller. Die Gruppe war aus verschiedenen Arten zusammengesetzt, mehrheitlich Stieren, Widdern und Ziegenböcken. Sie nahmen Zuflucht in der Gästeankleide und verschlossen hinter sich die Türen.

Aus dem zweiten Bus kletterten vielleicht fünfzig Crampoller und Crampollerinnen, die mit Breitseiten von Beschimpfungen empfangen wurden, von denen *Ihr scheißt euch ja die Hosen voll!* noch die sanfteste war. Sie wurden eilig von einem wenig motivierten Ordnungsdienst hinter bewachten Gittern untergebracht.

Die Spieler der einheimischen Mannschaft trafen einer nach dem anderen ein, zu Fuß, mit dem Moped oder im Auto. Sie machten einen konzentrierten Eindruck mit ihren Kopfhörern auf den Ohren und machten für ihre Supporter das Siegeszeichen V, was die allgemeine Ausgelassenheit noch förderte.

Um fünf vor drei liefen die fünfzehn Grünen aus Morgand und die fünfzehn Roten aus Crampoll, zusammengenommen ungefähr acht Tonnen, auf das Feld, wobei sie sich bemühten, den Schiedsrichter nicht plattzutrampeln, ein zartes Eichhörnchen mit einem Gewicht von circa 600 Gramm, dessen Rolle darin bestehen sollte, den Spielregeln Geltung zu verschaffen, allein mit Hilfe von drei Waffen: seiner Pfeife, seiner Uhr und seines Muts.

Um Punkt drei Uhr stürzten sich die dreißig Wüteriche aufeinander, und was folgte, ließ sich höchstens mit der Schlacht von Azincourt von 1415 im Hundertjährigen Krieg vergleichen.

Gilbert und seine drei Gefährten stützten sich in der Nähe von Titine auf den Zaun, der das Spielfeld begrenzte.

»Ich kenne nicht alle Regeln«, sagte Herr Hild, »aber darf ein Spieler mit seinem Ellenbogen das Nasenbein eines Gegners brechen?«

»Nein«, erklärte Gilbert.

»Und ihm mit dem Knie die Geschlechtsteile zerquetschen?«

»Auch nicht.«

»Dann habe ich wohl nicht richtig gesehen. Wir sind ja ziemlich weit entfernt.«

Bis zur Halbzeit hatte das Schiedsrichter-Eichhörnchen sieben Mal die rote Karte gezückt, ohne dass einer der entsprechenden Spieler den Platz verlassen hätte; stattdessen waren die Ersatzspieler beider Mannschaften aufgelaufen, ohne dass das Schiedsrichter-Eichhörnchen sie daran hätte hindern können; drei Bälle waren geplatzt, neun Zähne lagen verstreut auf dem Platz; ein Dutzend Rippen war gebrochen; Morgand lag mit 12 zu 26 zurück.

»Sagen Sie, mein lieber Jefferson«, fragte Herr Hild, als die Partie wieder begonnen hatte, »treiben Sie Sport? Als ich

noch Student war, habe ich Crocket gespielt, doch ich gebe zu, das war nicht besonders …«

Jefferson hatte auf die Frage nicht geachtet. Er sah woanders hin, nämlich zum Parkplatz. Dort standen zwei Frauen mit den Händen in den Taschen, die sich nicht für das Spiel interessierten.

»Herr Hild, sehen Sie die beiden Frauen da hinten?«

»Ja … und?«

»Die rechte … die ganz schlanke … mit den kurzen Haaren … sagt die Ihnen nicht was?«

»Nein, aber ich kann nicht sehr gut sehen. Aber ja, ich verstehe, Sie denken an …«

Jefferson rief sofort das Foto auf seinem Handy auf.

»Ja, das ist sie. Da bin ich sicher.«

Als die beiden Frauen zu einem großen staubbedeckten Geländewagen gingen und sich anschickten einzusteigen, verlor Jefferson keine Sekunde.

»Gilbert, komm!«

»Was ist denn los mit dir?«

»Komm jetzt, sage ich! Beeil dich!«

Walter Schmitt, der aufmerksam das Spiel verfolgte, hatte nichts mitbekommen. Er hatte natürlich für Morgand Partei ergriffen. Er brüllte, grölte, fluchte und schrie »Mor-gand! Mor-gand!«, als ob seine Vorfahren und er selbst ihr Leben hier verbracht hätten.

Titine vollbrachte Wunder. Sie sprang sofort an, war leise, passte sich an, war schnell.

Der starke Geländewagen fuhr hundert Meter vor ihnen.

»Abstand halten, Gilbert! Wir sollten uns nicht verdächtig machen. Trotzdem dürfen wir sie nicht aus den Augen verlieren!«

»Alles klar, ich soll also schnell und zugleich langsam fahren, stimmt's?«

»Du hast alles verstanden.«

Ein paar Minuten folgten sie der Landstraße, die sie schon am Morgen gefahren waren, doch diesmal mit dem See auf der linken Seite. Nach einer Serie von Kurven kam eine gerade Strecke, an deren Ende sie den Geländewagen wiedersahen, dann kamen wieder ein paar Kurven, dann noch einmal eine lange gerade Strecke, und plötzlich war der Geländewagen verschwunden. Gilbert stieß einen Fluch aus, der einen Rugbyspieler aus Crampoll erröten lassen hätte, und gab so heftig Gas, dass Titine einen Klagelaut von sich gab.

»Keine Sorge, ich hab sie gleich wieder!«

»Nein, warte! Fahr lieber langsamer! Sie müssen irgendwo rechts abgebogen sein.«

Jefferson hatte zweifelsohne recht: In der Mitte der geraden Strecke führte ein Weg im rechten Winkel nach rechts, ohne ein Schild mit dem Hinweis, wohin er führte. Vorsichtig fuhren sie hinein.

»Wir brauchen uns nicht zu beeilen«, grummelte Gilbert. »Wenn wir sie verloren haben, haben wir sie verloren, und wenn sie hier hineingefahren sind, werden wir sie finden.«

Der Weg führte jetzt steil bergauf. Dichtes Gebüsch zu beiden Seiten. Sie fuhren etwa zwei Kilometer so weiter, dann öffnete sich die Landschaft auf eine grasbewachsene Fläche, und in der Ferne tauchte ein großes Gebäude auf.

»Stopp!«, kommandierte Jefferson. »Park unter den Bäumen da. Versuch, Titine gut zu verstecken, und bewege dich nicht. Ich gehe zu Fuß näher ran.«

Es war ziemlich windig, am Himmel zogen die Wolken. Jefferson schlug den Kragen hoch. Bei dieser Gelegenheit beglückwünschte er sich dafür, dass er nicht gerade ein langer Lulatsch war. Seine geringe Körpergröße und seine Beweglichkeit erlaubten ihm, unerkannt voranzukommen. Bald schon war er nahe genug, um das Eingangstor zu erkennen, dessen beide Flügel offenstanden. Noch ein paar Meter weiter, und er konnte auf dem steinernen Bogen über dem Tor den darin eingehauenen Namen lesen: ANEMOS.

Er zögerte, noch weiter zu gehen, doch er musste seine Gefährten weiter in das Abenteuer hineinziehen; er brauchte Gewissheit. Er legte also noch die zwanzig Meter zurück, die er brauchte, um sehen zu können, was sich hinter dem Tor verbarg. Da war ein großer Hof. Zwei Autos standen dort. Das eine war der Geländewagen. Das andere war ein kleines Auto, das ohne Führerschein gefahren werden konnte und dessen linke Seite eingedrückt war.

Nun lief er mit klopfendem Herz zurück und sprang in den Lieferwagen.

»Bingo!«, jubelte er. »Wir fahren zurück!«

In der Nähe des Stadions begegnete ihnen der Schiedsrichter, der gerade wütend davonstampfte, soweit ein Eichhörnchen das kann. Gilbert hielt an und ließ das Fenster herunter.

»Ist das Spiel vorbei?«

»Ich habe keine Ahnung, und mir ist es auch egal«, fauchte das Eichhörnchen. »Ich arbeite seit elfeinhalb Jahren für die erste Liga, aber so etwas habe ich noch nie erlebt. Nie!«

»Und wer hat gewonnen?«

»Wer gewonnen hat? Gewiss nicht der Rugbysport, meine Herren! Und auch nicht das Fairplay auf den Sportplätzen, das kann ich Ihnen versichern!«

Es fasste mit der Hand nach seinem Bauch, aus dem ein leises rasselndes Geräusch kam, und ging weiter zu seinem Auto.

»Täusche ich mich oder hat es seine Pfeife verschluckt?«, fragte Gilbert.

Die Schreie aus dem Stadion legten den Gedanken nahe, dass das Torverhältnis sich in der zweiten Halbzeit noch weiterentwickelt hatte, und das bestätigte sich, sobald sie die Zahlen auf der Anzeigetafel entziffern konnten: »Morgand 45 – Gäste 26«. Was für eine tolle Umkehrung des Torverhältnisses! Gerade fuhren die beiden Busse von Crampoll-Reisen ab. Im ersten falteten die Fans von Crampoll ihre Fahnen und Spruchbänder zusammen. Im zweiten saßen dicht an dicht die besiegten Spieler, die keine Zeit gehabt hatten, sich umzuziehen und zu duschen.

Die beiden Fahrer mussten sich mühsam ihren Weg suchen zwischen Witzen und Provokationen:

»Wir lieben euch!«

»Kommt bald wieder!«

»Ihr fehlt uns jetzt schon!«

Nach dem Gewitter trat nun wieder Ruhe ein, und nur einige Gemeindeangestellte waren noch da, die sich um den Getränkekiosk kümmerten, den Spielfeldrand reinigten und die Mülleimer leerten. Da der Lieferwagen fort und die Umkleiden noch nicht wieder verfügbar waren, hatten sich Herr Hild und Herr Schmitt auf die Stufen gesetzt. Jefferson und Gilbert fanden, dass sie sich anscheinend sehr gut verstanden, diese beiden. Und sie gesellten sich zu ihnen.

Die Wintersonne warf ein freundliches Licht auf die vier Gefährten, die jetzt Seite an Seite saßen. Jefferson berichtete von ihrer Beschattungsaktion und endete damit, dass er sich jetzt absolut sicher sei, dass Simone Mitglied einer Kommune geworden war, die sich Anemos nannte. Er hatte ihren führerscheinfrei zu fahrenden Wagen mit den Spuren eines Unfalls auf dem Hof zweifelsfrei ausgemacht. Und, als letzter Beweis, die Überweisungen von ihrem Konto liefen unter dem Stichwort »Somena«, was nichts als das Palindrom von »Anemos« war.

»Noch besser!«, mischte sich Herr Schmitt ein. »Das ist doch dasselbe Wort, wenn man es rückwärts liest!«

Niemand reagierte. Herr Hild biss sich auf die Zunge, um nicht zu lachen und ergänzte:

»Außerdem möchte ich Sie daran erinnern, dass *anemos* auf Altgriechisch Wind bedeutet.«

Wie elegant dieser Mann das macht!, dachte Jefferson bei dieser Gelegenheit, *er erinnert uns an etwas, das wir noch nie gewusst haben.*

»Wind? Wir sind ein ganzes Stück weitergekommen«, flüsterte Gilbert. »Was halten Sie von all dem, lieber Herr Hild?«

»Ich glaube, dass wir noch mehr über diese Kommune – nennen wir es erst einmal eine Kommune – wissen müssen, aber dass wir von der hiesigen Bevölkerung nichts erfahren werden. Die Leute haben entweder Angst oder es geht ihnen um ihren Profit. Jedenfalls herrscht hier das Gesetz des Schweigens. Die erste Frage, auf die wir eine Antwort finden müssen, ist einfach: Ist Anemos eine Sekte? Und wenn wir diese Frage mit ja beantworten können, müssen wir uns eine zweite stellen: Wie sollen wir es anfangen, Simone da herauszubringen?«

»Und was ist nach Ihrer Ansicht eine Sekte?«, fragte Gilbert.«

»Eine Sekte ist daran zu erkennen, dass sie ihre Anhänger mental verunsichert, dass sie sie dazu bringt, ihre Beziehungen zu anderen abzubrechen, dass sie ihre körperliche

Gesundheit gefährdet und von ihnen finanzielle Opfer verlangt, die ihre Möglichkeiten übersteigen.«

Gilbert fühlte sich verpflichtet, das zu übersetzen, und sei es auch nur für sich selbst:

»Wenn ich das recht verstanden habe, waschen sie dir das Gehirn, halten dich gefangen, machen dich krank und leeren deine Taschen, richtig?«

»Lieber Gilbert«, antwortete Herr Hild, »die Professoren an der Universität, und ich zuallererst, sollten sich ein Beispiel an Ihrer Klarheit und Präzision nehmen. Und das meine ich ernst.«

Während des Gesprächs hatte Jefferson auf seinem Smartphone herumgetippt. Sein Bericht war erhellend und lieferte eine Antwort auf die erste von Herrn Hild aufgestellte Frage. Anemos war vor zwanzig Jahren von einem Menschen, einem gewissen Vin-tôh gegründet worden, der die »Reinigung durch die Füße« propagierte und allen Kranken, die die Schulmedizin aufgegeben hatte, schnelle und endgültige Heilung versprach.

»Und du glaubst, dass Simone da ein leichtes Opfer war, weil ihr immer alles Mögliche wehtat …«, überlegte Walter Schmitt.

»Ja, und sie ist da an einen bescheuerten Typen geraten«, witzelte Gilbert, »an die Sorte von Vin-tôh, die in Wirklichkeit Gerhard oder Jean heißt.«

»Hört doch mal«, schloss sich Jefferson an, der mit seiner Nase beinahe in seinem Display steckte, »hier spricht Vin-tôh.«

Mit den Füßen in meiner shâvârâ *spüre ich entlang meiner Wirbelsäule und mehr noch im Inneren meines Schädels und oben auf meinem Kopf eine Welle von Wärme, eine geheimnisvolle Verbindung mit einer inneren Tiefe und einer unbekannten Unendlichkeit, einem Licht, das sich verbreitet …*

»Das Licht gibt es anscheinend nicht auf allen Etagen«, unterbrach ihn Gilbert. »Und was soll sein Schabada sein?«

»Sein *shâvârâ*? Ein Wasserbad, vermute ich. Hör zu, das ist noch nicht alles.«

Dieser Weg des Bewusstwerdens begleitet mich, während ich ihn wahrnehme, ihn spüre und ihn annehme. Verzaubert durch diese innere alchimistische Schönheit bleibe ich bereit für diese Begegnung mit dem Lichtwesen, das bei der Begegnung mit meinem eigenen Licht aufleuchtet.

»Was für ein Quatsch!«, kommentierte das Herr Hild.

»Ja«, ergänzte Gilbert, »ich würde, um eine Tutatis zu benutzen, sagen: Seine Sache ist nicht so richtig klar.«

»Litotes«, verbesserte ihn Jefferson. »Tutatis ist der aus Asterix bekannte keltische Gott.«

«Also gut, eine Litotes, ist doch egal. Gibt es ein Foto von dem Künstler? Das würde ich gern sehen!«

»Ja, hier könnt ihr ihn sehen.«

Vin-tôh war ein gealterter Schönling in seinen Sechzigern. Die silbernen Haare zurückgekämmt, Raubtierlächeln. Er posierte in Sandalen und einer kürbisfarbenen Tunika vor einer Mauer aus Hohlblocksteinen von nicht unbedingt alchimistischer Schönheit.

Der einzige Kontakt war eine Mailadresse:

vintoh@anemos.com

Gemeinsam beschlossen sie, vom kommenden Tag an die Augen im Dorf offenzuhalten.

Mit etwas Glück würden sie auf Mitglieder der Kommune stoßen. Und mit sehr viel Glück würden sie sogar Simone treffen. Und falls das zu nichts führte, würden sie ihre Strategie ändern.

Jedenfalls war ihre Aufgabe nicht einfach.

Sie nahmen ihr Abendessen bei Sonnenuntergang auf den Stufen zu sich. Walter Schmitt öffnete eine gute Flasche, »um die Moral der Truppe zu heben«, wie er erklärte. Und sie konnten das brauchen, die Truppe. Nur Herr Hild blieb beim Wasser und behauptete, er lebe abstinent.

»Das wird Sie doch nicht davon abhalten, einen kleinen Schluck zu trinken, nicht? Also …«

Herr Hild hielt noch eine Überraschung für sie bereit. Nach der Abendtoilette fragte er Gilbert, ob er ihn vielleicht zu *Musette am Seeufer* fahren könne. Er habe in der letzten Nacht sehr schlecht geschlafen auf der Luftmatratze und deshalb ein Zimmer in dem Gasthaus reserviert. Sie würden ihm doch deshalb nicht böse sein. Alle versicherten ihm, dass es bestimmt nicht so sei. Jefferson warf sich sogar vor, einen Rentner wie einen Jugendlichen schlafen gelassen zu haben. Ob Walter Schmitt, der zwar ein bisschen jünger, aber zweifellos erwachsen war, es wohl lange unter diesen Umständen bei ihnen aushalten würde?

Es gab an diesem Abend also nur aus drei Mündern ein »Gute Nacht!« in dem als Schlafsaal dienenden Lieferwagen. Bevor er das Licht löschte, öffnete Jefferson noch einmal sein Notizbuch und notierte: »abstinent«.

11

Am nächsten Morgen setzte Gilbert sich in den Wagen, um verabredungsgemäß Herrn Hild abzuholen, als ein Pick-up, der geradewegs aus einem amerikanischen Film zu kommen schien, zehn Meter von Titine entfernt parkte. Am Steuer eine lächelnde Dachsin, die ihn aus der Ferne freundschaftlich grüßte. Sie ließ Herrn Hild aussteigen, drehte und verschwand wieder.

»War das Musette?«, fragte Gilbert.

»In der Tat. Sie wollte mich unbedingt herbringen. Sie sagt, es tue ihr leid, dass sie gleich wieder verschwinden muss, aber sie muss sich heute allein um das Gasthaus kümmern.«

Das Wetter hatte sich geändert, und leichter Regen war gefallen. Kein warmer Regen. Das Dorf war genauso verlassen wie am letzten Morgen. Man mochte glauben, dass man hier nur einmal im Jahr so richtig lebendig wurde, nämlich wenn die Crampoller kamen, und die übrige Zeit Winterschlaf hielt. Walter Schmitt und Herr Hild begaben sich zu

Guntram und Denise, in der Hoffnung, doch noch an ein paar Informationen zu kommen. Jefferson und Gilbert betraten die Bäckerei, um ein paar Einkäufe zu erledigen. Sie wollten nicht die ganze Zeit von Walter Schmitts Vorräten abhängig sein.

Was für ein Schock, als sie die Tür aufstießen! Simone!

Simone, die an ihrem Portemonnaie nestelte, um ihren Einkauf zu bezahlen! Beinahe Simone, genau genommen … Von hinten konnte man sie für sie halten. Derselbe lange Körper, dieselben schmalen Schultern, derselbe Rucksack, doch diese junge Häsin da, so bemerkten sie bald an ihrem runden mit Sommersprossen übersäten Gesicht, war nicht Simone. Sie vermied jeden Blickkontakt und ging hinaus, wobei sie eine Tüte mit Gebäck festhielt, aus der ein Croissant herausguckte.

»Sie wünschen?«, fragte die Bäckersfrau, ein Huhn.

»Nun, wir würden gern sehen, was für Törtchen sie haben.«

»Salzige oder mit Früchten?«

»Warum nicht beides … Und dann noch Kuchen …«

»Salzigen?«

Es war seltsam; die Bäckersfrau war überhaupt nicht bei der Sache. Sie stellten fest, dass sie in Wahrheit nur für das Augen hatte, was draußen im Verborgenen vorging. Sie drehten sich herum und sahen, wie die junge Häsin, halb versteckt hinter einem Mauervorsprung auf der anderen Seite des Platzes gierig alles, was sie gerade gekauft hatte, in ihren Mund stopfte. Selbst aus dieser Entfernung konnten sie eine Apfeltasche, ein Schokoladenbrötchen und zwei Croissants erkennen. Sehr schnell war die Tüte leer. Sie knüllte sie zusammen, warf sie in einen Papierkorb, wischte die Krümel weg, die sich an ihrer Jacke festgesetzt hatten, und verschwand.

»Pff…«, pfiff die Bäckerin und schüttelte leicht den Kopf, »es ist traurig, so etwas zu sehen … Also, was haben Sie gesagt? Ein Baguettebrot, war's das?

»Nein, wir wollten sehen, was für Törtchen Sie haben … Sagen Sie, ist das jemand aus dem Dorf hier, die Kundin, die gerade hinausgegangen ist?«

»An gesalzenen haben wir diese hier mit Spinat oder die da mit Lauch. Beides hausgemacht.«

Bald waren sie wieder draußen, die Arme voll leckerer Dinge zum Essen, aber ohne etwas über Anemos erfahren zu haben. Sie hatten nicht einmal gewagt, die Bäckerin danach zu fragen.

Als sie in das Café traten, kam es ihnen vor, als hätten sie dasselbe schon einmal gesehen. Herr Hild und Herr Schmitt saßen am selben Tisch wie das letzte Mal, und Denise und Guntram saßen auf ihren Plätzen hinter dem Tresen. Er las den Bericht über das Derby auf der Sportseite von *Die Trompete*, sie brütete über Seite 13 ihres Kreuzworträtselhefts.

»… 'ten Tach«, brummelte er.

»… Tachchen«, seufzte sie.

Sie setzten sich zu ihren Freunden und bestellten ihre Getränke. Jefferson erzählte leise von der Szene mit der halbverhungerten Häsin.

»Ihr hättet das sehen müssen! Wahrscheinlich hatte sie seit drei Tagen nichts gegessen, sie hat so geschlungen, dass sie beinahe erstickt wäre!«

Herr Hild war nicht verwundert.

»Das kommt bei Sekten häufiger vor. Die Anhänger sind unterernährt.«

Die Köpfe von Gilbert und Walter Schmitt erhoben sich gleichzeitig. Beide waren keine Kostverächter, und die Vorstellung, nicht essen zu können, wenn sie wollten, fanden sie schockierend.

»Unterernährt? Aber warum denn das?«

»Um ihren kritischen Geist zu schwächen. Das geht auch mit Schlafentzug. So sind sie in einem Zustand chronischer Müdigkeit, was sie am Denken hindert. Um einen vernünftigen Gedanken zu fassen und zu revoltieren, braucht es Energie und Durchblick. Also entzieht man ihnen die Möglichkeit zu beidem.«

»Außerdem kostet es weniger!«, kommentierte Gilbert, der immer praktisch dachte.

Schmitt begann, mit den Fingern auf dem Tisch zu trommeln.

»Oi, oi, oi, diese Geschichte bringt mich langsam in Fahrt! Wenn sie Simone etwas antun, werde ich mich nicht zurückhalten können!«

Noch etwas anderes trieb alle vier um. Sie waren in dieses Café gegangen, um ein paar Personen kennenzulernen und von ihnen Informationen zu erhalten, doch hier kam nie jemand hin, sah man einmal von der kleinen Spitzmaus vom vorletzten Abend ab.

Walter Schmitt fasste sich ein Herz. Er räusperte sich und stellte dem Eselspaar die Frage, die sie alle auf den Lippen hatten.

»Sagen Sie, Sie sind doch gastfreundlich und liebenswürdig, und doch sehen wir nie Gäste bei Ihnen. Wie kann das denn sein?«

Guntram dachte lange nach und versuchte dann eine Antwort:

»Baahh … das is' v'leicht … baaah …«

»Ja, was denn?«, mischte sich Herr Hild ein.

»Das ist, weil alle jetzt bei Boris sind …«, übersetzte Denise und wackelte nervös mit ihrem Rätselheft, als wollte sie alle falschen Antworten herausschütteln.

»Und wo ist bei Boris?«

»Hinnerd'r Krch …«, erklärte Guntram.

»Hinter der Kirche«, präzisierte Denise.

Sie gingen also um die Kirche herum und fragten sich, wie sie daran hatten vorbeigehen können. Das halbe Dorf war bei Boris versammelt. Es war noch nicht einmal die Aperitif-Stunde, doch es herrschte bereits eine aufgekratzte Stimmung. Die Geräusche von einer Juke-Box und zwei Fernsehbildschirmen vermischten sich, sodass die Gäste schreien mussten, um sich zu verständigen. Mehrere Kellner waren im Saal unterwegs, unter dem wachsamen Blick des Wirts, eines kahlköpfigen großen Esels. So gut wie alle Kommentare betrafen das Spiel, und den Spielern von Crampoll hätte es in den Ohren klingeln müssen.

»Hast du den gesehen, diesen dicken Widder, der nach seiner Mama gerufen hat?«

»Und die Nummer 8, dieser Bulle, der die ganze zweite Halbzeit mit Watte in den Nasenlöchern gespielt hat, damit das Blut nicht rausfloss!«

Die vier Besucher fanden es unnötig, diese Arena zu betreten. Sie verständigten sich schnell darauf, zum Stadion zurückzugehen, und fröstelten unter dem eisigen Regen – außer Walter Schmitt, der ihn eher als belebend empfand. Sie setzten sich auf die Bänke der Umkleide, wobei jeder instinktiv seinen gewohnten Platz einnahm. Gilbert erspähte einen Heizkörper, der neben dem Drehgriff leckte.

»Du armer Kerl, du wirst nicht mehr lange tropfen«, murmelte er und ging hinaus, um seinen Werkzeugkasten zu holen.

Sie warteten, bis er zurückkam und sich hinkniete, um seine Reparatur zu machen, dann begann Jefferson: »Also, ich habe gründlich nachgedacht und bin zu einem Schluss gekommen. Doch entscheiden müssen wir alle zusammen, und …«

»Red nicht drumherum, Jeff!«, unterbrach ihn Gilbert, der den Wasserzugang gerade mit einem großen Schraubenschlüssel unterbrach. »Komm zur Sache und kümmer dich nicht um mich. Ich hör zu.«

»Nun gut«, fing Jefferson wieder an. »Also, die Bilanz der letzten Tage ist die – zunächst die positiven Punkte: Erstens, wir haben die Anemos-Sekte identifiziert und lokalisiert. Zweitens … ääh … eigentlich habe ich keine weiteren positiven Punkte gefunden …«

»Aber doch!«, verbesserte ihn Walter Schmitt. »Davon gab es eine Menge: Wir haben ein super Rugby-Match gesehen; hier ist es wie in Ferien; Herr Schilt hat das Gasthaus wiedergefunden, in dem …«

»Ich habe mich auf das beschränkt, was mit unserer Untersuchung zu tun hat«, merkte Jefferson an.

»Ich habe übrigens bemerkt«, wandte sich Herr Hild an Herrn Schmitt, »dass sie Schwierigkeiten haben, sich meinen Namen zu merken, der Hild ist. Ich nehme Ihnen das überhaupt nicht übel, und ich schlage Ihnen allen dreien vor, denn wir verstehen uns ja wirklich gut, also, schlage ich Ihnen vor, mich einfach beim Vornamen zu nennen, das ist doch viel einfacher!«

»Gern«, bestätigte Schmitt, »und was ist Ihr Vorname?«

»Markus.«

»Prima, Markus, und ich bin künftig für alle einfach Walter, okay?«

Alle stimmten zu, und so konnte Jefferson fortfahren:

»Ich glaube, wenn wir darauf warten, dass Simone sich im Dorf blicken lässt, kann das Wochen dauern. Und wir haben nicht wochenlang Zeit. Gilbert verliert Arbeitstage, ich selbst sollte seit heute Morgen in meinen Unikursen sein, und Sie, Herr Schmitt …«

»Walter, bitte.«

»Sie werden in Ihrem Unternehmen fehlen …«

»Machen Sie sich keine Sorgen um mich, da glauben sie, ich wäre auf dem Kartonagen-Weltkongress! Hahaha!«

»Schön. Und Sie, Herr Hild, pardon, Markus, Sie …«

»Ich habe alle Zeit der Welt. Zu Hause wartet niemand auf mich. Fahren Sie doch bitte fort, Jefferson.«

»Nun, in Anbetracht dessen, dass wir Simone nicht auf ihrem Handy erreichen und dass wir ihr auch keinen Brief mit der Post schicken können, und da wir nicht einmal sicher sein können, dass sie hier ist und niemand uns dazu Auskunft gibt, wir aber schnell handeln müssen, scheint es für mich klar zu sein, dass es das Beste …«

»… wäre?«, half ihm Gilbert.

»… dass es das Beste wäre, wenn einer von uns vieren in das Gebäude eindringt.«

Schweigen senkte sich über die Umkleide des Raymond-Sanftleben-Stadions.

»Das ist genau, was ich gedacht habe«, meldete Gilbert sich schließlich zu Wort, mit dem Heizungsventil in der einen Hand. »Die Dichtung ist kaputt. Was hast du gesagt, Jeff? Ach ja, jemand muss in das Gebäude reingehen. Und an wen hast du dabei gedacht, wenn ich fragen darf?«

»Ich habe … an mich gedacht. Wartet, ich will das erklären. Ich bin im Ausschlussverfahren vorgegangen. Walter, Sie müssen entschuldigen, aber Sie sehen nicht wie ein Sektenanhänger aus. Sie wirken nicht besonders zerbrechlich, jedenfalls nicht auf mich. Und Sie sind nicht der Typ, dem man irgendwelchen Blödsinn erzählen kann. Sie wären nicht glaubhaft, finde ich … Ich hoffe, ich habe Sie nicht verletzt.«

»Ganz im Gegenteil, Jefferson! Und Sie haben recht, ich kann mir mich nicht gut mit den Füßen in dieser *babaya* … also diesem Becken vorstellen.«

»Sie, Markus, würden da schon eher passen, denn Sie sind in Trauer, und ich habe gelesen, dass Sekten gern Personen in dieser Lage rekrutieren. Doch ohne Ihnen zu nahe treten zu wollen, finde ich, dass Sie nicht mehr ganz jung sind, und es kommt vielleicht darauf an, dass man rennen, sich verstecken, sich schlagen muss …«

»In der Tat, Jefferson, für derlei Aktivitäten bin ich nicht mehr jung genug.«

»Dann bist da noch du, Gilbert, aber ich fürchte, dass du allein schon für alles Unpassende stehst: Erstens hast du nicht das richtige Aussehen, zweitens könntest du es nicht ertragen, nicht so viel essen zu können wie du willst, und drittens könntest du dir das Lachen nicht verkneifen.«

»Einverstanden«, entgegnete Gilbert, »nur vergisst du eins: nämlich dass ich es bin, dem Simone geschrieben hat.«

»Simone hat dich nur gebeten, auf ihr Haus aufzupassen, nicht aber, ihr zu Hilfe zu kommen. Ich habe dies alles losgetreten, und jetzt muss ich das auch durchstehen. Ich werde es durchstehen.«

Walter Schmitt applaudierte mit langsamen Bewegungen, ohne ein Geräusch zu machen.

»Bravo, Jefferson, bravo! Auf dem Kartonagen-Weltkongress habe ich noch nie eine so gut verpackte Argumentation gehört, hahaha! Ich nenne das klasse, jawoll, klasse!«

Aus Prinzip diskutierten sie noch eine Weile, aber sie einigten sich auf diese Strategie: Jefferson würde versuchen, an die Sekte heranzukommen, indem er sich von ihr anwerben ließ, und im Notfall würden seine drei Kameraden bereitstehen, um ihn herauszuholen.

Die einzige Kontaktmöglichkeit zu Anemos war eine Mailadresse. Deshalb mussten sie das richtige Anschreiben verfassen, und das war gar nicht so leicht. Sie trennten sich für etwa eine halbe Stunde, versetzten sich in der Zeit in Jeffersons Rolle, und jeder präsentierte dann seine Version.

Die von Walter Schmitt: **Lieber Herr Winnetou, nehmen Sie Praktikanten? Tatsächlich interessiert mich Ihre Reinigungstechnik, die von den Füßen ausgeht, und ich würde mich gern darin üben. Ich stehe Ihnen sofort zur Verfügung und ich werde mich an Sie wenden, sobald ich Ihre Antwort erhalten habe. Mit freundlichen Grüßen, Jefferson Walden von Waldeck.**

Die von Jefferson: **Lieber Herr Vin-tôh, man hat mir Ihre Gemeinschaft und die Wohltaten, die sie Ihren Mitgliedern bringt, empfohlen. Meine schwache Gesundheit lässt mich daran denken, dass ich dort Hilfe und vielleicht sogar das Heil finde. Doch vielleicht nehmen Sie nur Menschen auf. Ich bin ein junger Igel und lebe im Land der Tiere. Ich danke Ihnen, dass Sie mir freundlicherweise erklären, wie ich zu Ihnen gelangen kann, wenn es Ihnen denn möglich ist. Recht herzlich, Jefferson W.**

Die von Herrn Hild: **Sehr geehrter Herr Vin-tôh, ich hoffe, diese Botschaft erreicht Sie direkt. Ich schicke sie Ihnen so, wie man eine Flaschenpost aufgibt. Das Leben hat mich ordentlich durchgeschüttelt, sowohl meinen Körper als auch meine Seele, und ich sehne mich nach Heilung und Ruhe.**

Sind Sie vielleicht der, der mir helfen kann? Ich warte ungeduldig auf ein Zeichen von Ihnen. Hochachtungsvoll, Jefferson Walden von Waldeck.

Die von Gilbert: **Lieber Guru Vinto! Wenn es undichte Stellen an Ihrer Schabada gibt, bin ich der Mann, den Sie brauchen! Und bei der Gelegenheit würde ich auch gern Ihre Heizung einstellen, denn ich finde, Sie sind bös überhitzt! Ihr ergebener Gilbert!**

Nachdem sie Gilberts Vorschlag aussortiert hatten, der ja nur einer seiner üblichen Witze war, und auch den von Walter Schmitt als zu geschäftsmäßig, mussten sie noch zwischen den beiden übrigen wählen. Doch das war schnell gemacht, weil Herr Hild selbst fand, dass das Anschreiben, das am besten zu Jefferson passte, das war, das Jefferson selbst verfasst hatte. Daran müsse gar nichts mehr geändert werden.

Und so wurde genau um 12:37 Uhr an diesem dritten Tag ihres Aufenthalts in Morgand die Mail von **jefferson.wvw@pa.com** an **vintoh@anemos.com** losgeschickt. Danach breiteten die vier Gefährten ihre Vorräte auf den Fliesen des Umkleideraums aus und speisten mit gutem Appetit.

12

Sie waren darauf vorbereitet, lange warten zu müssen, doch die Antwort kam schneller als erwartet. Walter Schmitt war gerade dabei, den Apfelkuchen in vier Teile zu schneiden, als Jeffersons Handy in seiner Tasche vibrierte. Alle waren jetzt ganz still.

Lieber Jefferson, aber ja doch, Tiere sind bei uns willkommen! Eines unserer *Sanctuaries* ist übrigens für Sie in Ihrem Land geschaffen worden. Es befindet sich bei einem Dorf namens Morgand. Ich wäre glücklich, Sie bei Gelegenheit dort begrüßen zu können. Dann könnten wir etwas plaudern. Sie schreiben von Ihrer »schwachen Gesundheit«.

Wenn diese Ihnen nicht erlaubt zu reisen, wäre es mir ein Vergnügen, mich zu Ihnen zu begeben. Sie brauchen mir nur zu sagen, wo Sie wohnen. Alles Gute und hoffentlich bis bald, Thea (Mitarbeiterin von Vin-tôh)

»Die lassen echt nichts anbrennen!«, rief Gilbert.

»Und Thea heißt auf Griechisch Göttin«, erklärte Herr Hild nachdenklich, »so einen Namen hat man nicht zufällig.«

Jefferson konnte die Augen nicht von der Mail abwenden, so als suchte er darin eine verborgene Botschaft oder eine Drohung.

»Ich kann der Dame doch nicht antworten, dass ich schon da bin, das wäre doch verdächtig.«

»Allerdings«, ging Herr Hild darauf ein, »könnten Sie ihr aber schreiben, dass sie nur ein oder zwei Autostunden entfernt sind und sich am späten Nachmittag mit ihr im Dorf treffen könnten.«

»Und wenn sie mich fragt, wie ich hergekommen bin, und ob ich gleich wieder fahre oder wo ich übernachte?

»Dann sagen Sie ihr, dass Freunde Sie hergebracht haben und dass Sie bei … ich weiß nicht … zum Beispiel *Musette am See* schlafen …«

Jefferson seufzte. Er würde also lügen müssen, und er verachtete das.

»Mach dir darüber keine Gedanken!«, beruhigte ihn Walter Schmitt, wobei er ihn plötzlich duzte. »Was Lügen angeht, haben die noch einen gewaltigen Vorsprung vor dir! Und du wirst noch lange brauchen, um sie einzuholen!«

Er verfasste also seine Antwort, und die, die sich Thea nannte, antwortete bereits in der folgenden Minute:

Wunderbar, lieber Jefferson, wenn es Ihnen passt, können wir uns im Café *Bei Denise und Guntram* am Dorfplatz

treffen. Sie werden sehen, das ist ein ruhiger Ort, und die Wirtsleute sind liebenswürdig. Rufen Sie mich an, wenn Sie da sind; ich komme dann sofort. Thea.

»Ruhig?«, scherzte Gilbert. »Das kann man wohl sagen!«

Da Jefferson offenbar unruhig und angespannt war, legte Gilbert seine Hand auf Jeffersons Schulter und schüttelte sie sanft.

»Mach dir keine Sorgen, Igel! Wir werden uns trennen müssen, aber denk dran, wir werden nie weit sein, wir drei, und du kannst immer auf uns zählen. Wenn es bedrohlich wird, schickst du uns ein Zeichen, und wir sind schon auf dem Weg!«

Herr Hild und Herr Schmitt zeigten mit einem Kopfnicken ihre Zustimmung.

»Okay«, sagte Jefferson, und ihm kamen beinahe die Tränen. »Danke!«

Sie streckten ihre acht Hände aus und vereinigten sie über der aufgerissenen Schachtel, die die Apfeltorte enthalten hatte. Das erinnerte an die Mannschaft von Morgand am Ende der Halbzeit des Derbys.

Am Nachmittag wurde das Wetter richtig schlecht. Es nieselte nicht mehr, sondern regnete Bindfäden, und aus dem Regen wurden Graupelschauer. Sie mussten Titines Dienste in Anspruch nehmen, um ins Dorf zu gelangen, und bei der Gelegenheit konnten alle das erstaunliche Schauspiel bewundern, das die beiden lustigen Scheibenwischer abgaben und das Herr Hild »arhythmisch« nannte.

Gilbert setzte Jefferson in der Nähe des Cafés ab. Er sah zu, wie Jefferson zur Tür trottete, die Jacke über den Kopf gezogen, und zeigte ihm als Zeichen der Ermunterung die geballte Faust. Dann fuhr er weiter Richtung *Bei Boris*, wo sie nach dem Gespräch auf Jefferson warten wollten.

Es konnte allerdings auch sein, dass Thea ihn direkt zu dem Ort mitnahm, den sie bescheiden *Sanctuary* genannt hatte.

Jefferson war nicht überrascht, als er das Café leer vorfand.

»'ten Tach«, sagte Guntram, »Tachchen« Denise.

Jefferson bestellte einen Kakao, und Guntram brauchte so lange, ihn zuzubereiten und zu servieren, dass er genug Zeit hatte, die versprochene Mail zu schreiben.

Liebe Frau Thea, ich bin jetzt in Morgand angekommen und warte auf Sie in dem Café. Mit herzlichen Grüßen, Jefferson.

Sein Herz klopfte fast so heftig wie bei einem Date, doch es war jetzt weniger angenehm. Plötzlich kamen ihm Zweifel. Eigentlich war Simone doch erwachsen und sie hatte ihre persönliche Entscheidung getroffen, die er akzeptieren musste. Mit welchem Recht eigentlich mischte er sich in ihr Leben ein? Könnte es nicht sein, dass sie völlig glücklich war, wo sie sich jetzt befand, und er nur alles durcheinanderbrachte? Und was hatte ihn eigentlich geritten, drei Personen in dieses wirre und unsichere Abenteuer hineinzuziehen? Er war drauf und dran, aufzustehen, das Geld auf den Tisch zu legen, auf den Kakao zu verzichten und zu fliehen. Er hatte schon die Hand in der Tasche, um sein Portemonnaie herauszuziehen, als sich die Tür öffnete.

Mit einem Windstoß drang eisige Luft in den Raum. Thea trug unterschiedliche bunte Kleidungsstücke: Einen blauen Rock über einer karierten Hose, eine ärmellose Jacke über einem ausgeleierten dicken Pullover.

Er sah sie zum ersten Mal in Wirklichkeit und war beeindruckt von ihren riesigen grünen Augen. Sie ging sofort auf ihn zu.

»Jefferson, nehme ich an?«

»Ja. Guten Tag!«

»Tut mir leid, ich wollte dich nicht warten lassen.«

»Aber das haben Sie doch gar nicht«, nuschelte er. »Möchten Sie etwas trinken?«

»Ja, ich nehme einen Tee mit Zitrone. Guntram, machst du mir einen? Und du, Jefferson, kannst mich ruhig Thea nennen und mich duzen.«

Sie saß ihm schon gegenüber und blickte ihm lächelnd direkt in die Augen. Die linke Seite ihrer Oberlippe hob sich fortwährend – ein nervöser Tick.

»Also, sag schon, Akrida hat mir nicht gesagt, dass du dieses Potential hast, das ist ja irre!«

Was für eine Akrida? Was für ein Potential? Er spürte, dass ihn die Situation mit dieser Frau überforderte, die wie ein Orkan auf ihn losstürmte, mit dem, was sie sagte und er nicht verstand. *Fangen wir von vorn an*, sagte er sich.

»Können Sie mir … äh … kannst du mir bitte sagen, wer Akrida ist?«

»Ach, entschuldige, ich kann mich nicht mehr an ihren alten Namen erinnern. Sie ist so groß wie ich, schlank wie ich und trägt eine Brille.«

»Simone?«

»Ja, ich glaube. Aber wenn du ihr hier begegnest, solltest du vermeiden, sie so zu nennen, sie würde das nicht mögen. Akrida heißt Heuschrecke auf Griechisch, und sie selbst hat diesen Namen für sich gewählt. Was willst du als Namen aussuchen, wenn du zu uns kommst? Feder? Tumbleweed? Es muss etwas Leichtes sein. Entschuldige bitte, so weit sind wir ja noch nicht! Ich will immer alles zu schnell angehen! Also, erzähl mir mal … Was führt dich her?«

Bevor sie sich getrennt hatten, hatten die vier Freunde entschieden, dass Jefferson vor Thea nie Simone erwähnen sollte, um nicht ihr Misstrauen zu wecken, und jetzt redete sie gleich am Anfang von ihr. Er wagte nicht, sie auf sein »Potential« anzusprechen, obwohl er gern mehr dazu erfahren hätte, sondern sprang ins kalte Wasser.

»Ich wusste gar nicht, dass Simone, also dass Akrida im …«

»Im *Sanctuary*?«

»Ja, im *Sanctuary* ist. Geht … geht es ihr gut?«

»Es geht ihr *sehr* gut«, sagte Thea, und dabei hob sie das Wort sehr hervor, während sie die beiden grünen Seen ihrer Augen so weit wie möglich öffnete. »Sie hat mir von dir erzählt und mir beeindruckende Dinge berichtet, doch ich habe mir gar nicht vorstellen können, was für eine Ausstrahlung du hast …«

Er spürte, wie er rote Ohren bekam, und sagte sich, dass er wohl tatsächlich eine Ausstrahlung hatte.

»Wirklich«, begann er wieder, »es freut mich, dass es ihr gut geht. Ich habe Anemos beim Surfen im Internet entdeckt … ich war auf der Suche nach … alternativen Heilverfahren, so sagt man doch …«

»Ganz genau. Und aus irgendeinem Grunde geht es dir nicht so gut, stimmt's? Ehrlich gesagt habe ich das schon gespürt, als ich dich gesehen hab, doch ich fänd es besser, wenn es von dir kommt, außer natürlich, es ist dir peinlich.«

»Nein, es ist mir nicht peinlich. Es ist nur nicht so leicht, darüber zu sprechen …«

»Wie du möchtest, Jefferson.«

Guntram durchquerte den Raum mit der Teekanne, der Tasse und dem Löffel auf seinem Tablett, was dauernd *kling, kling* machte und Jefferson erlaubte, sein Gedächtnis auf das zu konzentrieren, worauf er sich vorbereitet hatte.

»Also, wie soll ich sagen, es ist das Atmungssystem. Ich habe eine Bronchitis, Laryngitis, Rhinitis nach der anderen; ich habe alles, was auf „itis" endet und oberhalb der Gürtellinie angesiedelt ist. Eine kleine Erkältung, und schon geht es los! Das ist ungerecht. Es reicht schon, dass jemand einen Luftzug erwähnt, und schon läuft mir die Nase, während meine Schwester Chelsea am Nordpol mit einem T-Shirt herumlaufen kann. Die Ärzte stopfen mich mit Tabletten und Sirups gegen Viren und mit Antibiotika voll, doch nichts wirkt.«

Er hielt einen Moment inne, erschöpft davon, in weniger als einer Minute so viele Lügen vom Stapel gelassen zu haben.

»So ist das«, sagte Thea, »und ich habe es sofort bemerkt. Ich habe es in deiner Iris gesehen. Und da verlierst du den Spaß am Leben, stimmt's?«

»Ja, ich habe viele Ängste. Ich habe Angst, dass ich etwas Schlimmes hab ... Ich schlafe schlecht, ich bin oft nicht an der Uni ...«

»Wie schade! Bei deinem Potential ...«

Sie fängt wieder damit an, sagte sich Jefferson, und diesmal wagte er zu fragen:

»Was meinst du mit meinem ... Potential?«

Sie sah ihn mit zusammengekniffenen Augen an, beinahe verliebt, und ihre Lippe zuckte aufs Schönste.

»Du weißt es genau, Jefferson. Ganz innen drin weißt du's, stimmt's?«

Er machte ein Gesicht, das gleichzeitig ja und nein ausdrücken sollte, was sie sogleich interpretierte:

»Also, ich wusste's, du weißt es ... Wer ist eigentlich dein Arzt?«

»Mein Arzt?«

Ihm wurde bewusst, dass er keinen Hausarzt hatte, aus dem einfachen Grund, dass er nie krank war, und er improvisierte, indem er an den wirklich guten zurückdachte, der ihn vor vier Jahren in Domburg behandelt hatte.

»Mein Arzt, das ist Doktor Frerot.«

»Ein Schaf, nehme ich an.«

»Ja.«

»Ach, diese Schafe! Ach, diese Ärzte! Sie bereiten uns so viel Schmerzen ... Du weißt, Jefferson, ich glaube, wir können dir helfen. Allerdings sollte ich bescheidener sein: Ich glaube, dass Vin-tôh dir helfen kann. Er kann sogar dein Leben verändern.«

»Wirklich?«

»Wirklich. Er wird dich lehren, dass man den Körper von allem befreien muss, was ihn belastet, statt sich mit chemischem Dreck vollstopfen zu lassen. Anemos bedeutet Wind, und der Wind weht das Üble fort. Aber ich will dich nicht damit langweilen. Das Beste wäre, du bliebest einfach ein paar Tage bei uns.«

»Ein Probeaufenthalt? Ja, das fänd ich gut, aber ich bin Student, und ich kann mir vorstellen, dass ...«

Sie brachte ihn mit einer Handbewegung zum Schweigen.

»Das Geld interessiert uns nicht, Jefferson. Jeder trägt bei, was seinem Format entspricht, und weil du nicht sehr groß bist ...«

Er streckte sich. Warum nicht gleich »mit kurzen Beinen«, so wie sie das anscheinend fand! Was hatten sie nur alle seit einiger Zeit damit? Und was das Geld betraf, so erinnerte er sich an die monatliche Überweisung von Simones Konto, und er musste sich zurückhalten, ihr das unter die Nase zu reiben. Walter Schmitt hatte recht: Im Lügen war er nicht gerade ein Schwergewicht.

»Und außerdem sagen wir nicht Aufenthalt, sondern lieber *tchâhirâ*. Das bedeutet *erleuchtende Begegnung*. Das ist doch besser als Aufenthalt, nicht wahr? Übrigens wird es gerade in dieser Woche eine *tchâhirâ* geben, und du bist willkommen.«

Jefferson war von dem Vorschlag kalt erwischt. Er stammelte:

»Diese Woche, ääh … ich meine nur, weil …«

»Es beginnt am Donnerstag, und es wird auch eine große Überraschung geben … Ach, ich weiß nicht, ob ich es dir sagen kann … auch, weil es noch nicht hundertprozentig sicher ist …«

Sie platzte schier vor Verlangen, das Geheimnis preiszugeben, oder sie tat nur so. In beiden Fällen brauchte man nur zu warten. Sie warf einen Blick auf Guntram und Denise, die ihrer Unterhaltung von Anfang an ohne Skrupel gelauscht hatten, so, wie man Radio hört, und senkte ihre Stimme:

»Vin-tôh wird da sein.«

Auch Jefferson sprach jetzt ganz leise:

»Ist er denn nicht dauernd da?«

Sie musste ein Lachen zurückhalten oder tat jedenfalls so. So war das bei ihr, man wusste nie, was man von etwas halten sollte.

»O nein, Vin-tôh ist nicht dauernd im *Sanctuary* von Morgand! Er bereist die ganze Welt und hält international seine Vorträge. Er spricht acht Sprachen fließend.«

»Das ist ja großartig. Kann ich weitere Personen mitbringen?«

»Du meinst Personen, die auch gesundheitliche Probleme haben?«

»Ja, eigentlich nein … Da ist zum Beispiel ein Freund, der in Trauer ist; er ist sehr deprimiert, er hat alle Freude am Leben verloren. Und ein anderer ist leider …«

Er hatte nicht vorgehabt, das zu sagen, vor allem nicht

ohne die Zustimmung der Betroffenen, aber jetzt waren die Schleusen geöffnet, und er konnte sie nicht mehr schließen. Sie hörte ihm bis zum Schluss aufmerksam zu.

»Hör zu, Jefferson, ich schlage vor, dass du zuerst allein ins *Sanctuary* kommst, schon heute Abend, wenn du willst, damit du einen Eindruck bekommst, und wenn dir alles gefällt, bleibst du für die *tchâhirâ* und lädst deine Freunde dazu ein. Was hältst du davon?«

Ein paar Sekunden lang ging in seinem Kopf alles durcheinander. Worauf ließ er sich da ein? Alles in ihm sträubte sich dagegen; er würde keine Chance haben, Simone zur Vernunft zu bringen, zumal es ihr sehr gut ging, jedenfalls Thea zufolge. Bei dieser Thea fühlte er sich äußerst unwohl; binnen einer Stunde würde er demaskiert und hinausgeworfen werden, mitten in der Nacht. Vor allem aber hatte er Angst, allein in dieses *Sanctuary* einzutreten – das konnte er gar nicht leugnen.

All dies hätte ihn dazu bringen sollen, aufzustehen und laut und deutlich zu sagen: »Nein, Thea, ich möchte lieber heute Abend nach Hause fahren, um in Ruhe nachzudenken, und ich werde mich dann bei Gelegenheit wieder bei dir melden. Ich danke dir, dass du trotz des schlechten Wetters gekommen bist!« Er hätte ihr dann die Hand geschüttelt, sie wäre gegangen, und er hätte einen gewaltigen Seufzer der Erleichterung getan. Stattdessen nickte er langsam und sagte mit schwacher Stimme:

»Einverstanden.«

Sie zeichnete den Zugangsweg auf ein Blatt Papier, ohne zu ahnen, dass er das gar nicht brauchte, dann suchte sie in ihren Taschen nach ihrem Geld. Da sie aber nicht darauf stieß, kam er für die Getränke auf. Sie kamen überein, dass seine Freunde ihn noch am selben Abend vor zehn Uhr am *Sanctuary* absetzen würden. Er würde nur an das Tor zu klopfen brauchen, und sie würde ihn abholen. Sie sprang in den Kombiwagen, den sie direkt vor dem Café geparkt hatte, und fuhr los.

Es war dunkel geworden. Er trottete durch den eisigen Regen zu *Bei Boris*, wo seine drei Gefährten, angeregt durch die warme Umgebung, ihn schon von Weitem begrüßten und ihm fröhlich applaudierten. *Ja, amüsiert euch nur*, sagte er zu sich, *genießt es, denn das, was uns bevorsteht, wird bestimmt weniger lustig sein.*

Er bemühte sich, sein Gespräch mit Thea so genau wie möglich wiederzugebben. Er ließ nichts aus: weder die Heuschrecke Akrida, der es *sehr* gut ging, noch das Geld, das keine Rolle spielte, Vin-tôh und seine acht Sprachen – bis zu dem Moment, an dem er von der *tchâhirâ* berichten musste und von der Einladung, die Thea auch für die anderen ausgesprochen hatte.

»Nein, Jefferson, ich nehme Ihnen überhaupt nicht übel, dass Sie von meiner Trauer gesprochen haben«, sagte Herr Hild. »Sie haben ja nicht gelogen. Und jetzt mache ich bei dieser Tartüfferie mit …«

Tartüfferie, versuchte Jefferson sich zu merken, denn es war nicht der Moment, das Notizbuch zu zücken.

»Und kann ich wissen, was du für mich erfunden hast?«, fragte Schmitt, der bereits beim zweiten Bier war.

»Nun ja, entschuldigen Sie bitte, ich weiß nicht warum, aber ich habe an Verdauungsprobleme gedacht, an die Regelmäßigkeit der Verdauung …«

»Hahaha! Ist doch lustig! Ich kann essen, was ich will, ohne jemals krank zu werden, und meine Verdauung ist so regelmäßig wie eine Schweizer Uhr.«

»Und ich, was habe ich?«, fragte Gilbert lachend.

»Du hast ein Nervenleiden. Du kannst nicht aufhören, alles Mögliche zu tun, und findest keine Ruhe. Und du hast das Fremde-Hand-Syndrom.«

»Was soll das denn sein?«

»Tut mir leid, ich habe mal davon gelesen, und es ist mir einfach so gekommen …«

»Was ist denn das Fremde-Hand-Syndrom? Du machst mir Angst, Jeff.«

»Also, das ist eine sehr seltene Nervenkrankheit, eine fehlende Verbindung zwischen den beiden Gehirnhälften …«

Gilbert hatte aufgehört zu lachen.

»Und wozu führt diese fehlende Verbindung? Kannst du bitte ein kleines Beispiel dafür geben?«

»Es kann zum Beispiel vorkommen, dass deine linke Hand das Hemd wieder aufknöpft, das die rechte gerade zugeknöpft hat.«

Und da Gilbert mit offenem Mund dastand, fügte er verlegen hinzu: »Oder umgekehrt.«

Um 22 Uhr hielt Titine vor dem verschlossenen Tor von Anemos, und Jefferson sprang vom Trittbrett, eingemummelt in seine Jacke, seine Reisetasche in der Hand und seinen Schlafsack unter dem Arm. Der Wind ließ seine Tolle tanzen. Es war eine schwarze Nacht.

»Warte«, rief Gilbert, »ich mach dir Licht!«, und er drehte den Wagen so, dass die Scheinwerfer den Eingang anstrahlten.

Walter Schmitt war aus der Seitentür ausgestiegen und hatte sich nach vorn gesetzt. Gilbert und er hatten entschieden, noch am selben Abend nach Hause zu fahren. Sie würden zwar sehr spät ankommen, dafür aber würden sie im Warmen in ihren eigenen Betten schlafen. Herr Hild wiederum hatte es vorgezogen, im *Musette am See* zu bleiben. Er mochte die Landschaft, hatte er erklärt, etwas Wandern würde ihm sehr gut tun, und das Sahnehäubchen war, das Musette ihm versprochen hatte, ihm das Kanufahren auf dem See beizubringen, wenn das Wetter besser würde.

Wie verabredet klopfte Jefferson dreimal kurz mit dem Türklopfer in Form einer Hand und wartete. Als er hörte, wie sich innen Schritte näherten und sich dann das Tor zu öffnen begann, reckte er seinen Daumen in Richtung Titine, deren Motor noch immer lief. Von den Scheinwerfern geblendet konnte er nicht sehen, dass Walter Schmitt die Geste erwiderte und Gilbert ihm einen Luftkuss schickte, bevor die beiden fortfuhren.

Thea geleitete Jefferson mit Hilfe ihrer Taschenlampe über den Hof. Sie war *sehr* glücklich, ihn begrüßen zu können, *sehr* glücklich, dass er zu ihnen gekommen sei. Er bedankte sich, dass sie noch so spät auf ihn gewartet habe. Ob er wohl Akrida sehen könne? Nein, Akrida ging gewöhnlich früh schlafen. Er werde sie am kommenden Morgen sehen. Sie betraten das Gebäude, stiegen zwei Treppen hoch und folgten einem Gang mit gekalkten Wänden; dann stieß sie eine Tür auf.

»Hier kannst du dich niederlassen. Du hast Glück, das ist ein Einzelzimmer. Das Frühstück ist morgen früh um sieben. Der *hasha* ist im Erdgeschoss. Du gehst auf den Hof und es ist dann ein Stück weiter links.«

»Der Hasha?«

»Der Raum, in dem wir alle unsere Mahlzeiten teilen.«

Das Refektorium also, wollte er schon antworten, doch er hatte die Eingebung, dass das nicht gut ankommen würde. Er musste nur daran denken, in seinem Notizbuch eine zweite Vokabelliste aufzumachen.

»Vor dem Frühstück findet das erste *hôô-tum* auf dem Hof statt, um 6:45 Uhr. Du kannst daran teilnehmen, wenn du möchtest, aber du musst nicht. Bei uns sind alle frei in ihren Entscheidungen.

»Das ho …«

»Das *hôô-tum.* Es dient dazu, alle Unreinheiten abzuschütteln. Man wird es dir erklären. Gute Nacht. Ach ja, du kannst in alle Räume, die sich auf dieser Seite des Hofs befinden, aber nicht in die auf der anderen Seite. Die sind privat. Alles klar?«

Ihr Ton war freundlich, aber klar. Die Lippe zuckte zwei Sekunden lang.

»Alles klar, gute Nacht!«

Er machte seine Stirnlampe an und trat ein. Das kleine Zimmer war kalt und karg ausgestattet, mit einem einfachen Bett und einem verstaubten Blechschrank. Er zog sich aus und den Schlafanzug an, dann schlüpfte er in seinen Schlafsack. Er löschte das Licht und spürte, wie sich seine Kehle zusammenzog. Er tastete nach seinem Handy und tippte:

Hallo Gilbert, habt ihr eine gute Fahrt? Mir geht es okay. Ich bin allein in einem Zimmer und werde jetzt pennen. Gute Nacht!

Er fügte das Emoji mit dem schlafenden Männchen, dass *zzzzz* macht, hinzu und schickte die Nachricht hinaus, bevor er daran dachte, dass das nutzlos war. Es gab hier kein Netz. In diesem Fall wusste er, was er zu tun hatte, und fing an: *A. Australien, Argentinien: B. Belgien, Bolivien; C. Chile, China; D. Dahomey, Dänemark* … Mit etwas Glück würde er vor S wie Schweden schlafen.

13

Er musste schnell einschlafen, denn sein Handy würde ihn gnadenlos um 6:40 Uhr wecken. Da konnte er sich nur daran erinnern, in der Nacht so etwas wie ein entferntes Klingeln gehört zu haben und ein langanhaltendes Stimmengewirr in den Nachbarzimmern und in der Etage unter ihm – wenn er das nicht geträumt hatte. Es war noch dunkel, aber das Zimmer kam ihm jetzt weniger düster vor als am Abend. Er zog sich schnell an, suchte auf dem Flur nach einem Wasserhahn, um sich etwas frisch zu machen, und da er nichts dergleichen fand, stieg er die Treppe hinab.

Er war schockiert, als er sah, wie draußen etwa dreißig weißgekleidete Personen in einem Kreis standen und sich an den Händen hielten. Er lehnte sich gegen eine Tür auf der anderen Seite des Hofs und bewegte sich nicht. Die beiden Autos waren jetzt unter einem Vordach abgestellt worden, um Platz zu machen.

Alle waren Tiere wie er: Ziegen, ein Schaf, mehrere Eichhörnchen, ein älterer großer Igel, eine Katze, eine Hündin, zwei Schweine, ein Pony, ein Reh, das sich auf Krücken stützte, weitere Tiere und … Simone, die ihren Kopf gesenkt hielt und ihn nicht gesehen hatte. Sie machte einen abgemagerten und gebeugten Eindruck. Ihre Nachbarin zur Linken war die Häsin, der er in der Bäckerei begegnet war. Die beiden sahen wie Zwillingsschwestern aus. Bislang warteten alle regungslos. Einige bibberten in der Morgenkälte. Plötzlich öffnete sich die Tür hinter ihm, und beinahe wäre er rückwärts in die Arme von Thea gefallen, die voller Energie aufgetaucht war:

»Guten Morgen, Jefferson! Guten Morgen, alle zusammen!«

»Guten Morgen, Thea«, antworteten wie aus einem Munde dreißig Stimmen.

Thea stellte sich in die Mitte des Kreises, hob ihre beiden Arme über ihren Kopf und drehte sich langsam um ihre Achse um zu kontrollieren, dass alle es ihr nachtaten. Dann fing sie an, ihre Hände zu schütteln, so wie wenn man nasse Finger und kein Handtuch hat. Alle Anhänger der Sekte taten es ihr nach. Das ging eine ganz Weile. Als die Energie nachließ, ließ Thea sie wieder in die Ausgangsposition zurückkehren. Jefferson bemerkte, dass sie eine irre Energie besaß, während ihre Gruppe trotz guten Willens ihre Mühe hatte. Danach mussten alle ihren Kopf schütteln, wie um ohne Ende energisch nein zu sagen. Dem großen Igel wurde schwindlig und er wäre beinahe gefallen, wenn sein Nachbar, das Pony, ihn nicht gerade noch aufgefangen hätte. Dann bewegten sie nacheinander die Schultern, die Hüften und die Beine …

»Danke, ich liebe euch!«, rief Thea, um die Übungen zu beenden.

»Danke, wir lieben dich!«, antworteten die Eingeweihten, also die Anhänger von Anemos, und alle begaben sich zu der

Tür, auf der *hasha* stand. Jefferson wartete, bis der Letzte, der große Igel, hineingegangen war, und folgte ihm auf dem Fuße.

Man hätte das für den Speiseraum eines Internats halten können, mit seinen langen Tischen und den darauf verteilten Tassen und Tellern. Das sehr bescheidene Buffet bestand aus Brotschnitten, Schalen mit abgepackter Marmelade, Teebeuteln und heißem Wasser. Jefferson stellte sich an, um sich zu bedienen, und wunderte sich, dass Simone ihn nicht bemerkte. Als sie sich neben ihre Freundin, die Häsin, setzte, ging er hin und setzte sich ihnen gegenüber.

»Hallo Simone, hast du mich denn nicht gesehen?«

»Doch, ich habe dich auf dem Hof gesehen, Jefferson, aber es war gerade das *hôô-tum* und ich musste mich konzentrieren. Übrigens heiße ich jetzt Akrida.«

»Ach ja, entschuldige bitte, das wusste ich schon. Ich muss mich nur erst daran gewöhnen. Und ääh … geht es dir gut?«

»Mir geht es *sehr* gut.«

Und mit ganz leiser Stimme fügte sie hinzu: »Weißt du, wenn du am Morgen aufstehst und jemand zu dir *Ich liebe dich* sagt, geht es dir gut, das ist ganz einfach.«

Thea hatte aber nicht »Ich liebe dich« gesagt, überlegte Jefferson; *sie hatte gesagt: »Ich liebe euch«, und das galt der ganzen Gruppe. Eine kollektive Liebeserklärung sozusagen. Das ist schnell gemacht, wirkungsvoll und kostet nichts.*

»Ja, kann ich mir vorstellen … bist du denn schon lange hier?«

»Ich bin erst seit zehn Tagen in diesem *Sanctuary*, doch davor habe ich fast ein Jahr lang Entdeckungsaufenthalte erlebt. Ich schätze, das wirst du auch machen. Ich habe auch an mehreren *tchâhirâs* teilgenommen. Übrigens wird es diese Woche noch eine geben. Wirst du dabei sein?«

»Ja.«

»Prima. Und jetzt stelle ich dir Loudi vor.«

Die andere Häsin deutete mit einer Kopfbewegung ein schüchternes »Hallo« an.

Simone begann wieder, ihr Butterbrot zu kauen, mit einer Miene, die wohl sagen sollte, dass sie kein Interesse hatte, das Gespräch fortzusetzen. Er war erstaunt, dass sie sich weder danach erkundigte, was zuletzt passiert war, noch, wie es ihm ging. Das sah ihr überhaupt nicht ähnlich. Er hatte sie so freundschaftlich und so neugierig nach den anderen erlebt, und in ihrem letzten Brief hatte sie sich noch mitfühlend warmherzig und bereit gezeigt, sich anderen anzuvertrauen. Was war aus der Simone von früher geworden?

Loudi konzentrierte sich weiter auf ihr Essen. Die anderen unterhielten sich ganz leise oder schwiegen.

»Und die Morgenübung«, fing Jefferson wieder an, »Thea hat mir gesagt, die dient …«

»Ja, dazu herunterzukommen. Es gibt täglich drei *hôô-tums*, das am Morgen, das am Mittag, und das am Abend, nach dem Essen. Das am Morgen dient dazu …«

Mitten im Satz hielt sie an, griff zu ihrem Löffel und schlug damit an den Rand ihrer Tasse: *ding, ding, ding* … Die anderen machten dasselbe, und alle Blicke richteten sich auf einen Menschen, der am Ende des Raums aufgetaucht war … und Jefferson erlebte seinen zweiten Schock an diesem Tag. Vin-tôh persönlich! Er war also schon da!

Trotz seines Alters (er musste etwa fünfzehn Jahre älter sein als auf dem Foto), musste man zugeben, dass er etwas hermachte in seiner kürbisgelben Tunika, seinen silbernen

Locken und seiner wunderbar braunen Haut. Er schritt voran inmitten des enthusiastischen Geklingels von Löffeln, die immer schneller schlugen, *dingdingding*, und immer lauter, *DINGDINGDINGDING* … Der Krach war beinahe ohrenbetäubend, doch als er lachend seine Zeigefinger in die Ohren steckte, wurde es wieder still.

»Guten Tag!«

»Guten Tag!«, antworteten dreißig Stimmen.

»Ich will euch nicht bei eurer Mahlzeit stören«, sprach er mit seiner tiefen Stimme. »Ich möchte euch nur die kleine Frage stellen, die ihr kennt.«

»Oooohh!«, machten dreißig erwartungsvolle Stimmen, als ob es sich um ein Spiel handelte, das lustig zu werden versprach.

Jefferson allerdings, der gut darin war, negative Schwingungen wahrzunehmen, spürte eine Unruhe in den Augen und den Bewegungen.

»Nun«, fuhr Vin-tôh fort, »wer von euch möchte uns etwas sagen? Vielleicht hat die eine oder der andere gestern etwas gemacht, das nicht richtig war? Und hätte dann heute Nacht Zeit gehabt, darüber nachzudenken und es zu bereuen?«

Er ließ seinen Blick über das Publikum schweifen, mit der Selbstgewissheit eines Schauspielers während der Vorstellung oder eher noch eines Predigers bei seiner Arbeit. Man hätte das Gras wachsen hören können.

»Niemand?«

Seine Anhängerinnen und Anhänger sahen sich gegenseitig an, mit einem Lächeln auf den Lippen, denn das war ein Spiel, und es sollte so aussehen, als amüsierte es sie. Doch es war ein grausames Spiel. Jefferson, der doch gar nichts mit dieser Sache zu tun hatte, fragte sich, ob es nicht vielleicht sogar um ihn ging, und sein Herz begann schneller zu schlagen.

»Nun, dieser Person fehlt es vielleicht an innerer Kraft, um ein Bekenntnis abzulegen. Und was machen wir in einem solchen Fall?

»Wir helfen ihr!«, rief ein Eichhörnchen wie ein braver Schüler, und die anderen pflichteten ihm bei.

Nun näherte Vin-tôh sich langsam dem Tisch, an dem Jefferson saß, erhob seine Hände und ließ sie sanft auf die Schultern der Häsin Loudi sinken.

»Sind wir ihr böse?«

»Neiiin!«, tönte es aus dreißig Mündern, lang hingezogen, aber perfekt aufeinander abgestimmt, weil lange geübt.

»Werden wir ihr verzeihen?«

»Jaaa!«

»Haben wir alle das Recht, schwach zu sein?«

»Jaaa!«

»Fließen jetzt die Tränen?«

»Neiiin.«

Er wartete einen Moment.

»Und jetzt?«

»Neiiin …«

»Immer noch nicht?«

»Doooch.«

Und nun flossen sie, die Tränen. Das Gesicht der Häsin Loudi war bald überströmt davon. Sie liefen ihre Wangen hinab, an ihren Ohren entlang. Jefferson sah, wie ihr Mund zitterte. Er musste an die Szene vom Vortag denken, in der Bäckerei und dann auf dem Dorfplatz. Das war's also! Vin-tôh lockerte den Druck seiner Hände auf Loudis Schultern und begann wieder:

»Aber natürlich vergessen wir nicht, der anderen Person zu danken, derjenigen, die dadurch geholfen hat, dass sie den Fehltritt angezeigt hat. Wollen wir ihr danken?«

»Jaaa.«

In diesem Augenblick bemerkte Jefferson, dass Simone sich ein wenig verkrampfte. Sie hatte mit den anderen »ja« gesagt, doch ihr Blick wanderte umher und konnte sich an nichts festhalten.

Als Vin-tôh gegangen war, begannen leise wieder die Unterhaltungen. Loudi schneuzte sich, trocknete ihre Augen und setzte ihr Frühstück fort. Jefferson versuchte, ihren Blick aufzufangen. Er hätte ihr gern ein tröstendes Lächeln geschenkt, doch sie interessierte sich nur noch für ihre Tasse und ihr Brot.

»Ich dachte, Vin-tôh würde erst am Donnerstag kommen«, sagte er zu Simone, »für die, ääh … *tchâhirâ.*«

»Aber nein, Vin-tôh ist immer hier.«

»Ach, ich dachte, er hält international Vorträge.«

»Natürlich hält er international Vorträge. Er ist sehr oft anderswo. Er spricht acht Sprachen.«

Das ist ja wirklich ein starker Typ, dieser Vin-tôh, dachte Jefferson. *Nur Wenige schafften es wie er, »immer hier« und zur selben Zeit »sehr oft anderswo« zu sein …*

Nach diesem frugalen Frühstück, das ihn bitter seinen heißen Kakao, seine Cornflakes, seine Honigtörtchen und die Kekse seiner Schwester Chelsea vermissen ließ, ließ er sich einen Waschraum zeigen, um seine Morgentoilette zu erledigen. Dann gesellte er sich zu den anderen auf dem Hof. Alle Mitglieder hatten ihre weißen Gewänder abgelegt und verteilten sich bereits im *Sanctuary*, um sich ihren Tagesaufgaben zu widmen. Vin-tôh blieb verschwunden, doch Thea war allgegenwärtig; sie lief hin und her und gab Anweisungen. Sie empfahl Jefferson, so wie sie an den unterschiedlichen Aktivitäten teilzunehmen und hinzugehen, wo es ihm gefiel. Hier war man frei. Sie nutzte die Gelegenheit, um mit ihm über das *hôô-tum* zu sprechen.

»Was du vorhin miterlebt hast, war das Morgen-*hôô-tum*. Es ist dafür da, alle Unreinheiten abzuschütteln, die sich in der Nacht in deinem Gehirn und deinem Körper angesammelt haben. Von denen bleiben Ablagerungen zurück, die zum Teil deine Atembeschwerden hervorrufen. Du musst sie loswerden.«

»Ach, ich dachte, die Träume kämen aus unserem Unbewussten und dienten gerade dazu, zu verstehen …«

»Ganz und gar nicht! Sie kommen nicht aus dir, sondern aus dem Bösen. Man muss sie loswerden, so …«

Sie hob ihre Hände und schüttelte sie.

»Am Mittag gibt es ein weiteres *hôô-tum* und dann noch eines, das aber anders ist, am Abend, das wirst du sehen. Und wenn du willst, kannst du schon morgen daran teilnehmen. Weißt du übrigens, je mehr ich dich beobachte, desto mehr beeindruckst du mich. Du gehst gar nicht aus dir heraus, aber du hast eine Ausstrahlung, das ist schon verrückt.«

Sie schüttelte langsam den Kopf, als könne sie es nicht glauben. Er erinnerte sich an einen Kommentar von Herrn Hild zu den Leuten, die Sektenmitglieder rekrutierten: Erst machen sie dir haufenweise Komplimente, dann bombardieren sie dich mit Liebe.

Thea war mit ihm bei der ersten Etappe; die zweite mochte er sich gar nicht vorstellen. Was hatte sie wohl Simone gesagt?

Bestimmt dasselbe.

»Ach, noch etwas«, sagte er wieder, »kann ich hinaus, ich meine, kann ich außerhalb des *Sanctuary* spazierengehen?«

Sie lachte laut auf.

»Aber ja doch, natürlich! Glaubst du etwa, du bist hier eingesperrt? Du musst nur vor 22 Uhr zurück sein, damit ich dir öffnen kann. Dreimal klopfen, denk dran!«

Er machte, was sie ihm empfohlen hatte, und verbrachte den Vormittag mit Gemüseputzen, mit dem Ausrupfen von Unkraut am Wegesrand und dem Reinigen des Schlafsaals in Hinblick auf die *tchâhirâ*. Er lernte ein Huhn und einen Hahn kennen, die wie er zu einem Probeaufenthalt eingeladen waren und ihm sowohl begeistert als auch etwas verloren vorkamen. Er ging von einer Gruppe zur anderen und bewahrte seinen wachen Verstand, allerdings ohne zu viele Fragen zu stellen oder gar seine Meinung zu was auch immer zu sagen. Herr Hild hatte ihn gut auf diese Übung vorbereitet:

»Achtung, Jefferson, eine Sekte gibt einem Anhänger das Gefühl, dass er endlich seine wahre Familie entdeckt hat und nie mehr allein sein wird. Wenn Sie das in Frage stellen, werden sie gegen eine Mauer anrennen. Er glaubt außerdem, dass er ein Eingeweihter, jemand Privilegiertes, ist, weil sein Guru im Unterschied zum Rest der Welt die Wahrheit kennt. Versuchen Sie nicht, Simone in ein paar Minuten zu überzeugen, denn dann ist der Fehlschlag vorprogrammiert, verstehen Sie?«

Er verstand das sehr gut. Er hatte noch lange nicht alles gesehen, doch er spürte, dass er die Zähne zusammenbeißen musste, um nicht zu explodieren, um sie nicht an den Schultern zu packen, zu schütteln und zu schreien: »Simone, sie nehmen dich aus, sie verschaukeln dich, sie belügen dich … Wach endlich auf, verdammt!«

Vier Sektenmitglieder waren in den Kombi gestiegen, um zur Arbeit nach Morgand oder in die Umgebung zu fahren. Einer, ein Kater namens Raoul, kellnerte sogar im *Bei Boris*! Wie schaffte er es, die beiden Welten zusammenzubringen? Die anderen folgten ihrem Alltagstrott, und man konnte nicht ahnen, was in ihren Köpfen vorging. Jefferson begnügte sich damit, mit ihnen Banalitäten auszutauschen, doch immerhin brachte er in Erfahrung, dass Viren nur bis auf viereinhalb Kilometer an das *Sanctuary* herankamen, dass Thea einen Monat ohne Essen auskam und dass Vin-tôh vor einer Woche mit dem amerikanischen Präsidenten gespeist hatte. Er begnügte sich damit, auf diese drei Enthüllungen mit einem dreimaligen bewundernden leisen Pfeifen zu reagieren.

Was alle hier gemeinsam hatten, natürlich mit Ausnahme von Thea und Vin-tôh, war ein schlechter Gesundheitszustand. Er fand, dass alle hier etwas »hatten«, wie man so sagt. Sie hinkten, sie kratzten sich, sie husteten, sie gähnten, sie hielten sich den Bauch, sie rieben sich den Arm, den Rücken. Von der geringsten Anstrengung waren sie anscheinend erschöpft.

Simone ging ihm offenbar aus dem Weg, doch es gelang ihm, ein paar Minuten mit ihr zu plaudern. Das war im Schlafsaal, wo sie das Nachtlager für die Besucher bereitete.

»Sag mal, Akrida«, fing er an, »meinst du, es täte mir gut, wenn ich hier hinkomme?«

»Natürlich! Die meisten hier verdanken Vin-tôh ihre Heilung, ich als Erste. Sag mal, kannst du mir helfen, die Decke hier auszuschütteln?«

Er ging weg, kam wieder und wechselte das Thema, weil das letzte sie anscheinend nicht interessierte.

»Wie ich gesehen habe, hast du noch dein Auto mit dem kleinen Nummernschild?«

Was für ein grober Schnitzer! Sie sah ihn fest an, und das bedeutete: *Woher weißt du, dass ich eins habe?* Doch sie antwortete, als sei nichts gewesen:

»Nein, ich habe es Anemos überlassen. Ich brauche es nicht mehr. Jetzt können es alle benutzen, wenn sie ins Dorf wollen.«

»Es hatte einen Blechschaden, nicht wahr?«

»Ja, aber das wird bald repariert, keine Sorge.«

»Dann ist's ja gut.«

Sie machten schweigend weiter mit ihrer Arbeit, und er verdrückte sich bei der nächsten Gelegenheit. Herr Hild hatte recht: Der Weg würde lang sein.

Das mittägliche *hôô-tum* ähnelte in jeder Hinsicht dem vom Morgen, mit dem Unterschied, dass der große Igel diesmal wirklich stürzte und auf eine Bank an der Mauer gelegt werden musste. Man breitete eine Decke über ihn. Das Ende der Übungen widmete Thea ihm:

»Und jetzt die Beine! Wir machen das jetzt für dich, Skoni; du hast ja so viele gemeine Sachen in deinem Rücken und in deinen Beinen, gemeine Sachen, die nicht herauskommen wollen und bewirken, dass du hinfällst.«

»Jaaa!«, stimmten die Anderen zu und bewegten so gut sie konnten ihre unteren Gliedmaßen.

Zum Dank streckte der große Igel Skoni den einen Arm unter der Decke hervor und bewegte ihn schwach. Jefferson spürte, wie in seiner Brust die Wut kochte.

Beim Mittagessen kam er neben dem Huhn und dem Hahn zu sitzen, die ihm ihre jeweiligen Wehwehchen schilderten, vom Kopf bis zu den Füßen, und dass sie all ihre Hoffnungen auf Anemos setzten, wobei er seinen Teller Reis mit Tomatensauce in Höchstgeschwindigkeit verschlang und sie dann sitzen ließ, ohne sich auch nur zu entschuldigen.

Das schlechte Wetter des Vortags hatte sich verzogen, und Jefferson lief trockenen Fußes den Weg entlang, wobei er alle hundert Meter anhielt, in der Hoffnung, eine Verbindung zum Netz zu bekommen. Es dauerte zwanzig Minuten, bis er erhört wurde. Er konnte jetzt eine SMS von Herrn Hild lesen, der ihn fragte, ob alles in Ordnung sei, und ihn daran erinnerte, dass er »im Fall der Fälle« nicht weit sei. Er dankte ihm und rief Gilbert an.

»Ach Jeff! Du bist es! Ich habe mich schon gefragt …«

»Im *Sanctuary* gibt es kein Netz. Ich bin jetzt auf der Straße.«

»Gut, erzähl!«

Er setzte sich auf einen großen Stein und berichtete: von den beiden *hôô-tums*, von dem Igel Skoni und vor allem von der Häsin Loudi und davon, wie sie beim Frühstück fertiggemacht worden war.

»Und bist du sicher, dass es Simone war, die sie verpetzt hat?«

»Beinahe sicher, du hättest ihr schuldiges Gesicht sehen sollen!«

»Aua, das tut weh!«

»Wie du sagst, es hat mir im Herzen wehgetan. Gut, und was gibt es Neues bei dir?«

»Nichts Besonderes. Ich habe heute Morgen wieder gearbeitet. Der Heimweg mit Walter war gut. Der ist ein cooler Typ. Er und seine Frau haben keine Kinder, doch du solltest ihn von seiner Nichte Marie-Claude reden hören, er ist ganz verrückt nach ihr.«

»Du meinst *Die Wunde*?«

»Ja, er ist so stolz auf sie, obwohl er keine Ahnung von Rap hat, aber gut, sie könnte ein *serial killer* sein und er würde sie immer noch verteidigen! Und er hat meine Tankfüllung bezahlt.«

»Schön, und außerdem?«

»Abgesehen davon komme ich am Donnerstagmorgen mit ihm zu dieser *tschabada*.«

»Zur *tchâhirâ*.«

»Ja. Und ich übe, mach dir keine Sorgen …«

»Du übst was?«

»Natürlich die Fremde Hand! Das ist eine ziemlich verrückte Sache. Und saukomisch. Wenn du dich zum Beispiel mit der rechten Hand schnäuzen willst und prustest: *Haatschi!*, nimmt dir die linke Hand das Taschentuch weg. Ich vermeide, das bei der Arbeit durchzuspielen, denn dabei ginge die Arbeit nicht besser voran, sage ich dir! Gut, also ich komme mit Walter, doch Markus kommt nicht. Er wird in *Musette am See* bleiben, als rückwärtige Basis. Er hat gesagt, sollten wir Simone verstecken müssen, könnten wir auf Musette zählen, denn sie verabscheut Anemos. Sie findet, das ist eine Bande von Bekloppten …«

»Sie *verabscheut*! Sag mal, liegt es an deinem Umgang mit Herrn Hild, dass dein Vokabular so gedopt wird?«

»Wieso? Gibt es denn das nicht, *verabscheuen*?«

»Doch, doch, das gibt es, bravo!«

»Ach übrigens, Jeff, Markus hat sich im Netz über Vin-tôh informiert, und stell dir vor …«

»Hallo, Gilbert … Hallo …«

Die Verbindung war unterbrochen, vielleicht wegen des schlechten Netzes, vielleicht aber auch wegen der Fremden

Hand von Gilbert, die einfach aufgelegt hatte. Jefferson hätte gerne noch gewusst, was Herr Hild über Vin-tôh in Erfahrung gebracht hatte, doch weil sie sich das Wichtigste mitgeteilt hatten, versuchte er nicht mehr zurückzurufen und machte kehrt, um zum *Sanctuary* zurückzugehen. Er hatte noch zwei Nächte vor sich, die er dort verbringen musste, bevor er seine Freunde wiedersah. Das war wenig. Und es war viel.

14

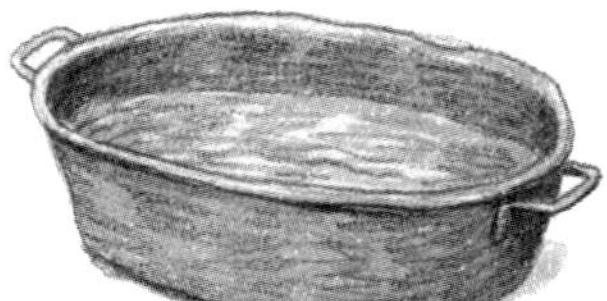

Reinigung durch die Füße … Das wollte Jefferson sehen. Wenn er das Prinzip richtig verstanden hatte, ging es darum, zu strampeln, sich zu schütteln, sich zu winden und mit den Hüften zu wackeln, um den Unrat der Seele wie des Körpers »hinabzuschicken«. Und wohin hinab? Natürlich, in die Füße. Gut. Und dann?

Die Zeit wurde ihm lang bis zum *hôô-tum* des Abends, trotz der Unterhaltung, die er mit Skoni, dem großen Igel, geführt hatte, der nicht zu arbeiten brauchte, weil er sich nicht aufrecht halten konnte. Das war am Nachmittag im großen Gemeinschaftraum, der mit unterschiedlichen Sofas traurig möbliert war. Skoni lag auf der Seite, den Kopf auf einem Kissen, und Jefferson hatte sich neben ihn auf die Armlehne gesetzt.

»Es geht nicht so gut, Skoni?«

»Es geht schon, danke. Es ist nur so, dass mich an manchen Tagen der Ischias quält.«

Er sprach sehr leise, als ob er Angst hätte, die Schmerzen würden stärker, wenn er lauter spräche.

»Verstehe. Sie sind in Behandlung deswegen, nehme ich an.«

»Ja, oder eigentlich nein, ich war in Behandlung, aber vor zwei Monaten habe ich damit aufgehört. Thea und Vin-tôh haben mir klargemacht, dass das schlecht für mich war, und ich vertraue ihnen. Ich bin selbst schuld. Das kommt alles von dem Unrat, den ich nicht hinabschicken kann, das gelingt mir einfach nicht. Ich spüre, wie er noch überall klebt, in meinem Kopf, in meinem Rücken, trotz dem *hôô-tum*. Aber ich werde es noch schaffen. Und wenn ich es nicht schaffe, dann fügen sie mir mit einem Skalpell eine kleine Wunde zu.«

»Eine Wunde mit einem Skalpell?«

»Ja, und wenn nötig mit Schröpfköpfen auf den Wunden, um die bösen Geister hinauszuziehen …«

»Schröpfköpfe auf Wunden! Sind Sie sicher, dass …«

Jefferson war beinahe vom Sofa gefallen. Sie waren jetzt wieder bei der Medizin des 17. Jahrhunderts angelangt!

»Aber ja doch, Thea hat mir versichert, dass es sehr effizient und völlig risikolos ist, Blut herauszuziehen.«

»Gewiss, natürlich, aber wenn Sie trotzdem einen Arzt konsultieren würden, wäre das doch hilfreich, vielleicht müssen Sie operiert werden …«

Skoni bewegte seine freie Hand, wie um eine unangenehme Vorstellung zu verscheuchen.

»Nein, nein, bestimmt nicht! Ärzte sind Scharlatane. Sie vergiften uns nur mit ihrem Schweinkram. Und außerdem haben sie hier keinen Zutritt.«

»Aber vielleicht kann ich ja jemandem Bescheid geben. Haben Sie eine Frau, Kinder? Wenn Sie wollen, kann ich mich darum kümmern, Sie brauchen mir nur Ihre …«

»Nein. Draußen sind sie doch alle gleich. Sie stecken doch alle unter einer Decke und versuchen, uns vom Heil abzuhalten. Wissen Sie, was ich tun werde? Ich werde mich bis zur *tchâhirâ* ausruhen, und danach wird alles besser werden. Vin-tôh wird sein Wunder vollbringen und uns alle mit sich in seine Kraft und sein Licht führen.«

»Ach … Vin-tôh vollbringt Wunder?«

»Ja, aber ich bin nicht berechtigt, Ihnen mehr zu sagen. Sie werden es ja mit eigenen Augen sehen.«

Jefferson hatte Lust, ernsthafte Zweifel hinsichtlich von Wundern anzumelden, doch er verzichtete darauf. Skoni war nicht erreichbar. Die Frage war, ob Simone es sein würde.

Wenig später kam Thea und fragte ihn, ob seine Freunde wie vorgesehen an der *tchâhirâ* teilnehmen würden. Er bestätigte, dass Gilbert und Walter Schmitt kommen würden. Sie wollte wissen, was für Tiere sie wären, und er erklärte: Gilbert, Schwein, und Walter Schmitt, Wildschwein. Er meinte, in Theas Augen und an ihrem Mund einen Hauch von Spott und sogar Verachtung feststellen zu können. Es war erstaunlich, wie diese Frau einem von einer Sekunde auf die andere verführerisch und dann wieder verachtenswert vorkommen konnte.

»Wer von den beiden ist in Trauer?«, fragte sie.

»Weder der eine noch der andere. Walter Schmitt hat schlimme Verdauungsbeschwerden, und Gilbert hat ein Nervenleiden, wie ich dir schon gesagt habe.«

»Ach ja, die berühmte gegensätzliche Hand?«

»Die Fremde Hand.«

»Schön. Hast du ihnen gesagt, was der Besuch kostet?«

»Nein, das weiß ich gar nicht.«

In einer Viertelsekunde zog sie einen Flyer aus der Tasche

und reichte ihn Jefferson. *Ach ja,* sagte er sich, *den hat sie aber schneller gefunden als gestern ihr Portemonnaie.*

»Du wirst ihnen sagen, dass ich eine Zahlung in bar bevorzuge. Du wirst später zahlen, das ist nicht eilig«, ergänzte sie.

Eigentlich hatte er gemeint, verstanden zu haben, dass er eingeladen sei. Jedenfalls war sie für eine Göttin beim Geld recht diesseitig.

DONNERSTAG, 4., FREITAG, 5. und SAMSTAG, 6. MÄRZ
Das Sanctuary *Anemos in Morgand öffnet seine Pforten für die Frühjahrs-*tchâhirâ. *Erkenntnis des gemeinsamen Bewusstseins. Öffnung eines Weges für spirituelle Energie. Jubiläums-*hôô-tum. *Begegnung mit dem Meister-Schamanen und Heiler Vin-tôh.*
Teilnahmegebühr: 80 TK
(60 TK für Schüler, Studenten und Arbeitslose)

80 Tierkronen! 60 für ihn mit Studierendenrabatt! Das war ein Viertel seines monatlichen Stipendiums! Simone, ach, Simone, du machst mich arm!

Jedenfalls rechtfertigte das ausgegebene Essen keinesfalls diese Summen. Er spürte, wie sich die Innenwände seines Magens einander immer weiter näherten. Noch zwei solche Tage, und er wäre verdammt dazu, Gras zu fressen!

Herr Hild hatte das richtig benannt: unterernährt. Jefferson musste wieder an Loudis Tüte mit Gebäck denken und wie ihr die Spucke das Kinn hinunterrann.

Er fragte Thea auch noch, was das für ein Lärm war, den er in der Nacht gehört hatte. Sie antwortete, das sei das nächtliche *hôô-tum* um drei Uhr morgens, doch an dem sei die Teilnahme nicht obligatorisch. Das mache jeder für sich, ohne in den Hof hinunterzugehen, einfach neben seinem Bett. Auch hier seien alle frei.

Herr Hild hatte auch in diesem Punkt recht gehabt: Schlafentzug.

Das *hôô-tum* am Abend bot ein neues Bild. Alle Sektenmitglieder standen mit nackten Füßen vor einem Stuhl und einer Zinkwanne mit Wasser. O ja, die berühmte *shâvârâ*! Ein leichter Wind bewegte die weißen Gewänder und strich durch die Haare. Thea tauchte auf und eilte in die Mitte des Kreises.

»Die Arme, Kinder, die Arme!«

Die Mitglieder hoben die Arme.

»Den Kopf jetzt, meine Lieben! Stärker! Schneller! Mit dem Herzen! Mit dem Glauben!«

Jefferson war zwar kein Arzt, doch er fragte sich, ob diese heftige Bewegung gut für die Halswirbel war. Er beobachtete, dass das Reh sich ohne seine Krücken nicht auf den Beinen halten konnte, während der Hahn so frenetisch seinen Kopf bewegte, dass seine Kehllappen gegen seine Backen klatschten. Skoni jedoch war nicht aufgetaucht.

»Sehr schön, meine Lieblinge!«, beglückwünschte Thea sie, als die Übungen beendet waren. »Und jetzt husch, husch!«

Alle setzten sich auf ihre Stühle, schoben ihre kleine Wanne vor sich, und – *platsch!* – steckten sie ihre nackten Füße hinein. In diesem Moment ertönte ein dumpfer tiefer Gong, wie ein langsam pochendes Herz: *bôôôm* … *bôôôm* … Man war jetzt nicht mehr in Morgand, sondern in Tibet.

Thea war zwischenzeitlich verschwunden und kam nun zurück in den Kreis und trug einen großen Leinensack. Sie schöpfte eine Kelle mit orangenem Pulver heraus und warf es in die *shâvârâ* des Schafs. Beim Schwein und bei den Eichhörnchen machte sie dasselbe und fuhr so fort bis zur Ziege, die den Kreis beschloss. Nach und nach verdichtete sich das Mehl in den Fußwannen und verklumpte.

»Das ist Sternenstaub, den Vin-tôh aus Cape Canaveral mitgebracht hat«, flüsterte eine Stimme voller Bewunderung. »Er stammt von einem Stern, der von der Wissenschaft noch nicht verzeichnet worden ist.«

Jefferson war so fasziniert von dem Schauspiel, dass er gar nicht bemerkt hatte, dass das Huhn und der Hahn hinter seinem Rücken standen.

»Ja, Cape Canaveral!«, versicherte Letzterer, »Vin-tôh geht da ein und aus …«

»Man könnte das aber auch für Aprikosenmarmelade halten«, kommentierte Jefferson, doch sein Witz traf auf eisige Kälte.

Dann erhoben sich die Eingeweihten außer dem Reh und psalmodierten gemeinsam und auf ein und demselben Ton einen quälend langen Satz.

Es klang wie eine rückwärts und verlangsamt abgespielte Platte:

»Buuu-oaaa-kaaa-ustiaa-ob-oaaa-huiii-sooo …«

»Das werden wir alles lernen müssen«, sagte das Huhn, »aber anscheinend ist das nicht so einfach … es ist ein Gebet, in einer ausgestorbenen Sprache.«

»Ja, Liebling, das ist geheimnisvoll, oder?«, ergänzte der Hahn. »Und bestimmt sehr wirkungsvoll: Kaum habe ich das gehört, tun mir meine Knie schon weniger weh.«

Ein Gebet? Eher ein Nonsens. Zumal die Eingeweihten jetzt den Satz wiederholten, während sie kräftig mit den Füßen in der klebrigen Masse herumstampften, die an ihren Füßen hing, sodass sie weit weg spritzte:

Buuu-oaaa-plitsch! Kaaa-ustiii-platsch! Ob-oaaa-plutsch!

Jefferson stellte sich Walter Schmitt und Gilbert bei dieser Übung vor und musste laut lachen.

»Der Teig nimmt unseren Unrat auf«, zischte das Huhn, »darüber sollte man sich nicht lustig machen …«

»Tut mir leid«, entschuldigte sich Jeffersson.

Und er hatte auch gar keine Lust mehr zu lachen. Loudi und Simone tobten Seite an Seite wie besessen, die Füße orangen in der *shâvârâ*, mit leeren Blicken, Wahnwörter auf den Lippen. Das konnte einem richtig Angst machen.

In dieser Nacht wurde er wirklich wach von dem nächtlichen *hôô-tum*. Aus den Nebenzimmern und denen einen Stock tiefer drang ein Pfeifen, Brummen, Stapfen und Pochen zu ihm. Danach konnte er nicht wieder einschlafen, zumal sein Magen sich laut mit Hunger meldete. Das Abendessen hatte aus einer durchsichtigen Suppe bestanden, mit ein paar Körnern darin, die bestimmt auch aus dem Weltraum kamen, so leicht waren sie. Und als Nachtisch gab es zwei Stücke billige Schokolade. Er träumte sich mit Gilbert an ihren Tisch im *Vesuvio* zurück und spürte den Unterschied. Um einzuschlafen, begann er eine neue Liste: *A. Artischocken mit Mayonnaise; B. Buletten aus Kichererbsen mit Feta; C. Crêpes mit Champignons …*

Er war schon bei *T.* wie *Trauben-Nuss-Schokolade* und immer noch hellwach, als es ihm reichte. Er stand auf, streifte einen Pullover über (schließlich hatte er ja empfindliche Bronchien!) und ging aus dem Zimmer. Bei ihm im zweiten Stock war es wieder ruhig geworden, auch im ersten. Er folgte dem Flur und sah einen Lichtschein unter der Tür zur Toilette ganz am Ende. Besetzt. Er stieg also in den ersten Stock hinunter und fand, was er suchte.

Als er gerade wieder hochgehen wollte, meinte er, Motorengeräusch im Hof gehört zu haben. Er zog sich an einem großen gusseisernen Heizkörper hoch und sah aus dem Fenster. Ja, in Schrittgeschwindigkeit fuhr da ein Auto mit ausgeschalteten Scheinwerfern und parkte dann bei den anderen, unter dem Vordach. Es stiegen ein Mensch aus und ein junger Bulle. Beide schlossen die Türen, ohne es klicken zu lassen. Der Mensch ging zurück zum Tor und bemühte sich, kein Geräusch zu machen, während der Bulle aus dem Kofferraum einen raumgreifenden Gegenstand holte, der unter einer Decke verborgen war. Er nahm ihn auf seine Schulter. Beide gingen sie die gegenüberliegende Mauer entlang. Der Mond, der aus den Wolken hervorgetreten war, beleuchtete die Gestalten. Der Mensch trug Funktionskleidung, und unter seiner Kapuze lugten lange Haare hervor. Der Jungbulle ging trotz seiner schweren Last schnell und geschmeidig voran. Beide traten ohne zu zögern in eine Tür; im Inneren wurde es hell, doch das Licht erlosch nach ungefähr einer Minute.

Jefferson rutschte von seinem Heizkörper und blieb für einen Moment unentschlossen. Dann ging er hinaus, ohne genau zu wissen, was er eigentlich wollte. Er spürte die Kälte der Nacht. Der Wind bewegte seine Tolle. Statt den Hof zu durchqueren, strich er vorsichtig die Mauer entlang. *Ich danke meinen 72 Zentimetern!*, sagte er sich. *Ich bin vielleicht »etwas kurz auf den Beinen«, doch zuweilen kommt mir das zugute, Mist für euch, was?*

Die Eingeweihten waren alle im selben Flügel des Gebäudes untergebracht wie er, in den unterschiedlichen Stockwerken; und auch das Refektorium und der Gemeinschaftsraum befanden sich dort. *Doch was zum Teufel war auf dieser Seite des Hofs? Wo wohnten eigentlich Thea und Vin-tôh? Und wie waren sie da eingerichtet?* Er wartete vor der Tür, durch die der Mann

verschwunden war. Die Klugheit riet ihm zu warten, bis seine beiden Freunde ihm beistehen konnten, bevor er weiterforschte, doch die Vorstellung, sie mit brandneuen Informationen begrüßen zu können, kitzelte seinen Ehrgeiz.

Die beiden Besucher hatten sich nicht die Mühe gemacht, die Tür abzuschließen. Jefferson drückte sie auf und glitt ins Innere. Er erschrak, als das Licht anging. Offenbar ein Bewegungsmelder! Statt zurück zu flüchten, stürzte er unter die Treppe und bewegte sich nicht. Sein Herz klopfte heftig. Er wartete eine Minute ab, während er sich bemühte, regelmäßig zu atmen. Als es wieder dunkel geworden war, stieg er zehn oder zwölf Stufen hinauf und gelangte auf einen Absatz, von dem zwei Türen aus Eichenholz abgingen. Licht kam unter der linken hervor, zusammen mit einem starken Geruch. Denselben Geruch hatte er schon einmal eingeatmet, nämlich in Domburg, im Restaurant des Hotels *Majestic*, bei den Menschen, und er hatte nie diese unsägliche Geruchsmischung aus Fleisch und Rotwein vergessen. Lautes Lachen war zu vernehmen, dann Stimmen, die er zuzuordnen versuchte.

Thea: »Alles in Ordnung, Bibi?«

Bibi (der Fahrer): »Ja, ich bin die 300 Kilometer in einem durchgefahren. Domburg ist nicht gerade nebenan.«

Thea: »Mach dir keine Sorgen, wir haben dir deine Portion warmgehalten.«

Bibi: »Danke, Sylvia, ich habe vielleicht einen Kohldampf, kann ich dir sagen! Ich könnte meine Socken essen!«

(Lachen)

Vin-tôh: »Magst du Boeuf Bourgignon?«

Bibi: »Und wie!«

Vin-tôh: »Und du, Henry, ich nehme mal an, dass du kein Rindfleisch isst?«

Henry (der Jungbulle): »Jaja, nein ...«

(Lachen)

Bibi: »Sag mal, Franz, wegen dem Burgunderwein ...«

Vin-tôh: »Ihr werdet erst mal mit einem kleinen Glas Weißwein, nämlich Chablis, von der besseren Sorte anstoßen können! Wir werden schon nicht verdursten!«

Was das zeigte? – Die vier waren dabei, sich eine kleine nächtliche Feier zu gönnen. Jefferson erinnerte sich an die Ferienverschickung in seiner Kindheit, zusammen mit Gilbert. Sie waren noch klein, aber sie hatten herausgefunden, dass die Betreuer und Betreuerinnen sich heimlich trafen, um zu essen, zu trinken und zu lachen, ohne sich dabei von diesen blöden Blagen die Laune verderben zu lassen. Und siehe da, der Guru und seine Gurine machten genau dasselbe. Auch wenn sie viel Aufhebens machten um ihre *tchâhirâ*, ihre *shâvârâ* und ihr ganzes *schabada*, so schlugen sie sich doch am liebsten den Bauch voll und steckten die Nasen tief ins Glas. Wie hatte nicht Herr Hild gesagt? Eine Tartüfferie? Allerdings, das war eine verdammte Tartüfferie!

Plötzlich kam ihm der Gedanke, dass der tolle Chablis sich bestimmt im Keller befand und dass Vin-tôh alias Franz bald auf dem Treppenabsatz aufschlagen würde, um dort hinunter zu gehen. Außerdem wusste er jetzt genug. Er nahm die Beine in die Hand und haute ab.

15

Das morgendliche *hôô-tum* wurde von dem Schaf Sinefa geleitet. Sie war die älteste Eingeweihte hier, und der Name, den sie sich gewählt hatte, bedeutete »Wolke« auf Griechisch. Etwas Leichtes also, ähnlich wie Louloudi, abgekürzt zu Loudi, »Blume« bedeutete und Skoni »Staub«. Jefferson fand, dass das Netteste an Anemos die Namen waren, die die Eingeweihten sich gegeben hatten, doch etwas anderes Nettes konnte er leider nicht sehen. Sinefa erklärte, dass Thea sie gebeten habe, sie zu entschuldigen; sie sei in einen in einer amerikanischen Zeitschrift erschienenen wissenschaftlichen Artikel über die »seitliche Reinigung mit Hilfe der Ellenbogen« vertieft. *Mit den Ellenbogen!*, spottete Jefferson heimlich. *Sie hat wohl gestern Abend ein bisschen zu viel damit gehoben, mit dem Ellenbogen! Das kam wohl von unter der Bettdecke, mit ganz schönen Kopfschmerzen. Dank dem Chablis!*

Sinefa, schwer und kompakt wie sie war, leitete die Übung mit dem Eifer einer Klassenbesten und nahm sich sogar heraus, mit dem traditionellem »Ich liebe euch!« von Thea abzuschließen. Von Thea, die ebenso wenig zum Frühstück erschien wie Vin-tôh.

Jefferson war es gelungen, sich neben Simone zu setzen, obwohl sie sich bemüht hatte, das zu verhindern. Er ging taktvoll vor, so wie Herr Hild es ihm empfohlen hatte.

»Ach ja, Gilbert ist tatsächlich ganz glücklich, dass er sich um dein Haus kümmern kann, und du kannst dich auf ihn verlassen. Er ist ein richtig guter Handwerker.«

Sie nickte dazu und schmierte ihr Butterbrot, bevor sie murmelte:

»Er braucht bald nicht mehr hinzugehen.«

»Ach, und warum?«

»Weil ich das Haus zum Verkauf anbiete.«

Jefferson hätte beinahe den Tee ausgespuckt, den er gerade im Mund hatte. Das Haus aufzugeben würde für Simone bedeuten, dass sie kaum noch zurückkonnte. Und das Geld, das sie erlöste, würde mit Sicherheit in andere Taschen als die ihren wandern.

Aber er ließ sich nichts anmerken.

»Wenn du findest, dass es das Beste für dich ist …«

»Ja, es ist das Beste. Und du? Wie geht es dir eigentlich?«

»Nun ja«, antwortete er, »ich studiere immer noch Geografie. Ich habe gerade die Zwischenprüfung gemacht, aber ich glaube, ich hab sie verhauen … Stell dir vor, ich habe Slowenien mit …«

»Sehr schön!«, sagte sie voller Bewunderung, und er verstand, dass sie ihm gar nicht zuhörte. Er hätte ihr erklären können, dass er die Pest und die Krätze hatte, und sie hätte das auch mit »Sehr schön!« kommentiert.

Simone, ach Simone …, sagte er sich, *wo bist du? Wo hast du dich in dir selbst versteckt? Was haben sie bloß mit dir gemacht?* Nur mit Mühe konnte er sich zurückhalten, doch er hatte seinen Gefährten versprochen, nichts ohne sie zu unternehmen. Zum Kampf würde es später kommen, zu seiner Zeit.

Da er, wie Thea versichert hatte, frei war, beschloss er, das *Sanctuary* zu verlassen. Er ging bis zur Landstraße und hielt den Daumen hinaus. Schon bald hielt ein Auto. Der Fahrer und sein Begleiter waren Bauernfüchse. Der erste fragte ihn, ob er das Match gesehen hätte, und der zweite, wo er denn herkam, mit seinem komischen Akzent. Er ließ sich vor dem Eingangstor von *Musette am See* absetzen. Die Morgensonne schien zwischen den Blättern der Nussbäume hindurch, und die Vögel feierten die Schönheit des beginnenden Tages. Er schritt munter aus und musste schon im Voraus bei dem Gedanken lachen, Herrn Hild zu überraschen; doch wer überrascht war, war er selbst.

Musette und Herr Hild saßen Seite an Seite auf einer Bank mit Blick auf den See. Herr Hild hatte die Beine übereinandergeschlagen, sein linker Ellenbogen ruhte auf der Rückenlehne der Bank, ganz nahe an der Schulter von Musette, und Jefferson hörte sie lachen. Er hüstelte, um auf seine Gegenwart aufmerksam zu machen, und die beiden drehten sich um. Herr Hild hob den Arm.

»Oh, mein lieber Jefferson, was für eine Freude! Wie haben Sie hergefunden? Setzen Sie sich doch zu uns!«

»Ich möchte aber nicht stören, ich kam nur gerade vorbei.«

Doch Musette war schon aufgesprungen.

»Aber Sie stören doch nicht. Im Übrigen muss ich zum Einkaufen nach Morgand. Ich brauche noch … äh, ich brauche alles Mögliche. Ich lasse euch Männer jetzt allein.«

Er setzte sich also auf den Platz, den Musette angewärmt hatte, doch Herr Hild legte seinen Ellenbogen nicht wieder auf die Rückenlehne der Bank.

»Also«, begann er, »erzählen Sie. Ich bin gespannt, mehr über das *Sanctuary* von Anemos zu erfahren.«

Es gab so viel zu berichten. Jefferson deutete an, dass die Eingeweihten ihm geschwächt vorgekommen waren, zuweilen auch abgestumpft, und dass er sich nicht sehr wohl bei ihnen gefühlt habe.

Dann erzählte er von dem, was ihn am meisten bewegt und schockiert hatte: von der Erniedrigung Loudis; vom Igel Skoni, der keine Behandlung seines Leidens bekam; vom nächtlichen Gelage der vier Kumpanen; vom Verkauf des Hauses. Er endete mit der kalten Distanziertheit von Simone, die sie doch ganz herzlich erlebt hatten. Die letzte Beobachtung überraschte Herrn Hild überhaupt nicht, er sah in diesem Verhalten sogar etwas Positives: Wenn Simone Gesprächen aus dem Weg ging und sich nichts von der Seele reden wollte, so bedeutete das bestimmt, dass sie unsicher war. Sie fürchtete wohl, dass ihr noch nicht sehr gefestigter Entschluss in Frage gestellt werden könnte.

Es war schön am Seeufer. Und friedlich. Das Wasser kräuselte sich unter dem leichten Wind. Aber Jefferson war in keiner romantische Stimmung.

»Wie kann man mit ihr reden? Wie ihr sagen, dass sie einen falschen Weg eingeschlagen hat? Sie wird nicht hören wollen …«

Herr Hild seufzte.

»Nein, sie wird nicht hören wollen. Außer wenn …«

»Außer wenn was?«

»Ich habe gedacht … Man hat euch doch von einem Wunder erzählt, das Vin-tôh vollbringen würde, nicht wahr?«

»Ja, das ist das Programm.«

»Es wird sich also um ein Täuschungsmanöver handeln.«

»Ja natürlich. Glauben Sie etwa an Wunder, Herr Hild?«

»Markus.«

»Glauben Sie an Wunder, Markus?«

»Nein. Und Sie, Jefferson?«

»Ich auch nicht. Was den Glauben anbetrifft, so neige ich eher dem von Gilbert zu.«

»Ach ja, und was sagt der gute Gilbert?«

»Wenn man ihn fragt, woran er glaubt, sagt er: Ich glaube an die Freundschaft, und ich glaube, dass man einen Zwölferschlüssel braucht, um eine Zwölfermutter zu lösen.«

»Wirklich, der Junge imponiert mir! Also, ich habe mir gesagt, dass wir Simone die Betrügereien von Vin-tôh unter die Nase reiben müssen, um ihre Überzeugungen zu erschüttern. Wissen Sie, was für ein Wunder er gerade vorbereitet, dieser Scharlatan?«

»Keine Ahnung. Doch ich werde die Augen offenhalten, und wenn ich ihn demaskieren kann, werde ich … ach, eigentlich weiß ich gar nicht, was ich machen soll, denn die Eingeweihten sind bereit, alles zu schlucken. Sie werden sehen, wie sehr sie ergeben und fanatisiert sind. Wenn ich allein meinen Finger hebe, um zu sagen, dass ich den Trick durchschaut habe, wird das ein schlimmes Sakrileg sein, und alle werden über mich herfallen.«

»Ganz ruhig, Jefferson, Sie vergessen, dass morgen Früh zwei Gestalten hier ankommen, die beide nicht der Typ sind, sich fertigmachen zu lassen. Sie werden nicht allein sein. Kommen Sie, gehen wir ein bisschen am See entlang! Ich will Ihnen zeigen, wo wir, Esther und ich, gebadet haben … damals.«

Sie gingen den Uferweg entlang, wie zwei alte Freunde, ohne dass der eine wichtiger war als der andere, und Jefferson war stolz, weil er das als Auszeichnung empfand.

»Übrigens«, begann Herr Hild wieder, »ich habe gestern ein bisschen gegoogelt, um mehr über unseren Guru herauszufinden. Das war nicht einfach, weil er seine wenig ruhmreichen Spuren verwischen musste. Stellen Sie sich vor: In Wahrheit heißt der Franz Aldibert. Nun ja, das klingt nicht so toll wie Vin-tôh!«

»Aldibert wusste ich nicht, aber Franz schon«, unterbrach ihn Jefferson, »ich hab das durch die Tür gehört. Und Thea, die *Göttin*, heißt eigentlich Sylvia. Das klingt auch etwas weniger toll …«

»Dieser Franz Aldibert«, fuhr Herr Hild fort, »ist außerordentlich ehrgeizig. Mit zwanzig fängt er an zu singen, in der Hoffnung, ein Star zu werden. Leider hat er vergessen, dass es dafür auch ein bisschen Talent braucht. Er bringt trotzdem eine CD heraus, auf der der wichtigste Titel *Zubizubidu* heißt. Sie sollten sich dieses Meisterwerk einmal anhören, dann wissen Sie genug! Mit fünfundzwanzig versucht er sich in der Formel 1. Misserfolg aus demselben Grund. Mit dreißig wütet er auf den Finanzmärkten. Da ist Talent nicht so wichtig, es kommt nur auf Frechheit und Schlauheit an. Er besitzt beides, aber offenbar hat er kein Glück, denn er landet im Gefängnis. Danach verliert sich seine Spur, bis er in den Fünfzigern ist. Jetzt ändert er seinen Namen zu Vin-tôh, gründet Anemos, und das Weitere wissen Sie besser als ich.

Ein ganz schöner Coup! Ich habe ihn nie in Realität gesehen, doch ich kann ihn mir sehr gut vorstellen, wie er vor seinen Bewunderinnen das Pfauenrad schlägt. Über Sylvia gibt es dagegen gar nichts. Ich halte sie für sehr schlau. Sie hält sich im Hintergrund und holt für ihn die Kastanien aus dem Feuer.«

Sie gingen noch eine ganze Weile weiter auf dem Weg, der um den See herumführte, bevor sie zum Ausgangspunkt zurückkamen. Als sie sie sich dem Gasthaus näherten, sahen sie schon von Weitem Musettes Pick-up, der auf dem Hof hielt. Zwei Gestalten stiegen aus.

»Sie hat Jakob mitgebracht. Der ist ein Esel, und er bedient jeden Mittag im Speiseraum«, erklärte Herr Hild.

»Ist er gut?«, fragte Jefferson.

»Sehr gut. Vielleicht ein bisschen langsam.«

Sie schwiegen einen Moment, dann begann Herr Hild wieder, diesmal etwas zögerlich:

»Jefferson, Sie sind doch jemand mit Herz und Verstand …«

»Ja?«

»Ach, ich habe eine etwas … delikate Frage. Ich wollte Sie nicht damit belasten …«

Es war aber eher er, der belastet wirkte. Er drehte einen kleinen Zweig zwischen seinen Fingern hin und her, und diesmal wusste er nicht, wie er es sagen sollte.

»Ich bitte Sie, Markus. Wenn ich nichts darauf zu sagen habe, sage ich nichts. Ganz einfach.«

»Gut. Ich würde gern wissen, was sie von einem Herrn … der schon den größten Teil des Lebens hinter sich hat und der seine Frau vor vielleicht zwei Jahren verloren hat und der … ohne es wirklich gesucht oder gewollt zu haben …«

Er wurde von der Hupe des Pick-Up und den großen Gesten Musettes unterbrochen, die die Arme über ihrem Kopf schwenkte, vor Freude, sie kommen zu sehen. Sie antworteten ihr auf dieselbe Weise. Danach wusste Herr Hild nicht mehr, wie er weiterreden sollte, und Jefferson kam ihm zu Hilfe.

»Ich glaube, ich verstehe, was Sie mich fragen möchten, Markus. Doch ich fürchte, ich bin auf diesem Gebiet nicht sehr erfahren. Es ist mir erst einmal passiert, dass ich … ja, dass ich verliebt war, und …«

»Sprechen Sie jetzt von Carola, Edgars Nichte, mit der Sie damals unser kleines Fest verlassen haben? Wir alle haben das richtig schön gefunden und geglaubt, dass das der Anfang einer wunderbaren Geschichte sein würde …«

»Ja, wir alle, und ich ganz besonders«, seufzte Jefferson, »nur ist es anders gelaufen, als ich es mir ausgemalt hatte.«

»Wollen Sie damit sagen, dass die Gefühle dieser jungen Person nicht …«

»Genau, sie waren es nicht. Oder eigentlich doch, aber freundschaftlich und nur freundschaftlich. Sie sagte mir, dass sie mich ganz toll fände … als Freund. Im Übrigen fühle sie sich mehr von Frauen angezogen. Ich hatte keine Chance! Aber ich bin ihr deshalb überhaupt nicht böse. Wir stehen uns noch immer nahe, und ich gehe noch weiter Monat für Monat ins *DeliCut*, um mir die Haare schneiden zu lassen.«

»Ach, tut mir leid, diese schmerzliche Erinnerung geweckt zu haben, ich hoffe, Sie sind mir deshalb nicht böse.«

»Überhaupt nicht. Ich habe sogar das Gefühl, dass die Erinnerung daran im Lauf der Zeit immer schöner wird.«

Mittlerweile hatten sie den Gasthof beinahe erreicht. Musette kam ihnen entgegen.

»Ich danke Ihnen für Ihr Vertrauen, Jefferson«, beendete Herr Hild die Unterhaltung, »und verzeihen Sie mir die Frage von vorhin.«

»Nein, nein«, antwortete der, »ich glaube, die zu stellen, war beinahe schon die Antwort. Machen Sie sich nicht zu viele Gedanken. Folgen Sie Ihrem Herzen!«

Er hatte das nur so hingeworfen, ohne lange darüber nachzudenken, doch er fand, dass er diesmal die richtigen Worte gefunden hatte.

Um ihm für diesen Spaziergang zu danken, den er »sehr erfreulich« nannte, lud Herr Hild Jefferson ein, mit ihm im Gasthof zu Mittag zu essen. Musette hatte für sie einen kleinen Tisch am Fenster reserviert, und kaum hatten sie sich niedergelassen, füllte sich der Raum. Es erinnerte an eine gemütliche Arbeiterkneipe: Es war belebt, lustig, Witze wurden gerissen, und vor allem gab es gute Hausmannskost. Der Esel Jakob gab sich alle Mühe, das heißt, er lief mit fünf statt drei Stundenkilometern. Musette wiederum war allgegenwärtig in der Küche wie im Speiseraum, ohne zu vergessen, ihre Kunden zu begrüßen, die sie fast alle kannte.

»Sehen Sie, Markus«, sagte Jefferson, während er einen großen Löffel Steinpilz-Risotto hinunterschluckte, »wenn Sie sich ein Gemeinschaftsessen in der *hasha* vorstellen wollen, ist das ganz einfach …«

»In der *hasha*?«

Ja, im Speisesaal des *Sanctuary*. Damit Sie sich das ausmalen können, brauchen Sie sich nur das Gegenteil von hier vorstellen: Da ist es traurig, verlogen, und es schmeckt nicht!«

Er dachte schon wieder daran, dass er an diesen Ort mit seiner üblen Atmosphäre zurückmusste. Die Aussicht, wieder in dieser spartanisch eingerichteten Kammer schlafen zu müssen, schnürte ihm die Kehle zu.

Während Herr Hild sich zu seiner Siesta zurückzog, setzte Jefferson sich wieder auf die Bank am Seeufer und rief Gilbert an. Der antwortete auf der Stelle.

»Ach, mein kleiner Igel, wo bist du denn?«

»Ich bin im *Musette am See*. Ich habe mit Markus zu Mittag gegessen. Und du?«

»Ich bin im Titine am Straßenrand, und ich speise mit mir selbst! Ich kann gerade nur ein Sandwich hinunterwürgen, denn ich muss die Zeit aufholen, die ich in Morgand versäumt habe.«

»Aber wirst du trotzdem morgen zum *Sanctuary* zurückkehren?«

»Naja, vielleicht. Und Walter kommt auch. Er sagt, er hat es eilig, seine Füße in die *schabada* zu stecken. Wir schätzen, wir kommen gegen …«

Der Kontakt war plötzlich unterbrochen, doch nach weniger als einer Minute klingelte Jeffersons Handy erneut.

»Hallo, was ist denn passiert, Gilbert?«

»Tut mir leid, meine linke Hand hat das Gespräch abgebrochen und das Handy wieder in meine Tasche gesteckt. Ich glaube, diese Sache macht mich noch verrückt! Zuerst war das für mich bloß ein Spiel, doch jetzt kann ich gar nicht mehr damit aufhören. Heute Morgen auf einer Baustelle habe ich eine Klemmschelle an ein Rohr angebracht, und …«

Ich fürchte, sagte sich Jefferson, *meine Idee mit der Fremden Hand war nicht so gut …*

Musette lieh ihm ein Fahrrad, und er radelte nach Morgand. Er irrte einen Teil des Nachmittags zwischen dem verlassenen Stadion und dem verschlafenen Dorf. Er überlegte, ob er zu *Bei Denise und Guntram* oder zu *Bei Boris* gehen sollte, doch dann wurde ihm klar, dass er keine Lust hatte, sich dort ohne seine Gefährten aufzuhalten. Er ging durch die Gassen, stieg zu einer Burgruine hinauf und wieder hinab und fuhr zu Musette zurück, um seine Rückkehr nach Anemos hinauszuzögern.

Musette schien Antennen zu haben.

»Markus hat mir von dir erzählt und davon, warum ihr hergekommen seid. Ich bewundere deinen Mut, Jefferson. Wenn du heute Nacht hier im Gasthof übernachten möchtest, statt zu diesen Verrückten zurückzukehren, könnte ich das gut verstehen. Es ist Vorsaison, und ich habe noch mehrere freie Zimmer, ich lade dich ein.«

Es gab keine Zweifel, dass für sie eine Einladung wirklich eine Einladung bedeutete. Er hätte sie küssen können.

Am Abend, unter seinem Federbett, trug er noch die Wortverbindung »ein Pfauenrad schlagen« in seine Liste ein.

16

Der Empfang von Anemos für die leuchtende Begegnung, das heißt, die *tchâhirâh*, fand ab zehn Uhr morgens im großen Saal neben dem Speiseraum, also der *hasha*, statt, und es war Thea, also Sylvia, die die Sache in die Hand nahm.

Sie saß an einem mit einem Strauß Osterglocken geschmückten Tisch und registrierte die Ankommenden. Ihre ockerfarbene Tunika, ihre kurzen Haare und ihre grünen Augen machten Eindruck. Sie stapelte die Scheine von 50 oder 100 Tierkronen in einer metallenen Keksdose, und man konnte behaupten, dass jeder kassierte Geldschein ihre Oberlippe zucken ließ. Jefferson war der Erste gewesen, der die Kosten für seine Teilnahme beglichen hatte: sechzig TK, so viel wie dreißig Mahlzeiten in der Uni-Mensa kosteten. Er hatte sein Stipendium für diesen Monat noch nicht erhalten, und er hätte gern später gezahlt, doch Thea hatte seinen Vorschlag offenbar vergessen. Jedenfalls hatte sie das Geld mit einer sehr flinken Hand einkassiert.

Fünfzehn Personen schrieben sich ein: ein Fuchspaar, eine Maus, eine Stute und ihr Mann, eine Labradorhündin, ein Huhn, eine Nutriaratte …

Diese bunt zusammengewürfelte Gruppe machte einen ziemlich eingeschüchterten Eindruck. Jefferson beobachtete ihr Kommen und Gehen und hielt sich in der Nähe des Eingangstors auf, um Gilbert und Herrn Schmitt begrüßen zu können, doch um 10:30 Uhr waren sie immer noch nicht da.

Thea forderte nun alle Besucher auf, im Hof einen Kreis zu bilden. Als sie so dastanden, öffnete sich die Tür zum Gemeinschaftsraum, und die Mitglieder der Sekte kamen heraus, schweigend und in ihren weißen Tuniken. Man musste zugeben, dass das etwas hermachte und geradezu majestätisch wirkte. Sie stellten sich zwischen die Novizen mit dem Stolz und der Ungezwungenheit von Eingeweihten. Der Igel Skoni, der sich nicht auf den Beinen halten konnte, durfte einen Stuhl benutzen. Die beiden Häsinnen Simone und Loudi standen Seite an Seite, was Jefferson nachdenklich machte; entweder hatte Loudi nicht begriffen, dass Simone sie denunziert hatte, oder aber, und das wäre noch schlimmer, sie hatte es begriffen und gefunden, dass ihre Freundin richtig darin gehandelt hatte, sie zu verraten.

»Ich wünsche euch allen einen guten Tag!«, rief Thea strahlend. »Mein Name ist Thea und ich stehe Vin-tôh zur Seite. Ihr werdet ihn erst morgen sehen, denn er kommt gerade erst von einer Reihe von Vorträgen in Japan und Südamerika zurück, und er muss seine Sternenachse wieder ins Lot bringen, denn unsere Sternenachse verlagert sich, wie alle wissen, ein wenig, wenn wir von einem Kontinent auf den anderen wechseln.«

Vor allem, wenn man zu viel Wein trinkt, kommentierte Jefferson für sich selbst. Was Theas strahlendes Lächeln betraf, wusste er, was der tiefere Grund dafür war: Sie hatte kaum den Deckel auf die Keksdose mit den Geldscheinen bekommen.

»Wenn ihr hierhergekommen seid ...«, begann Thea – sie hatte ihre Stimme gesenkt und bewegte sich langsam mit ausgestreckten Händen, die Handflächen zum Himmel gewandt –, »... wenn ihr hierhergekommen seid, dann, weil es euch nicht gut geht.«

Viele nickten jetzt, voller Hoffnung. Endlich hörte man ihnen zu, endlich würde man ihnen helfen.

»Euch geht es schlecht, und nichts hilft dagegen, ist es nicht so? Nun, ich möchte euch sagen, dass an diesem Morgen und an diesem Ort für euch ein neues Leben beginnt. Ich verspreche euch, dass ein Morgenrot erscheinen wird, dass ein Wind sich erhebt, dass es Tag wird. Habe ich *der Wind erhebt sich* gesagt? Hört, hört ... und was bedeutet Anemos eigentlich?«

»Wind ...«, flüsterte die Labradorhündin rechts neben ihr, und Thea zeigte so heftig mit dem Zeigefinger auf sie, dass die Hündin erschrak.

»Ja, das ist es, Wind! Der reinigende Wind, der Wind, der allen Unrat davonweht. Doch hier, bei Anemos, wird ein innerer Wind in euch wehen, dank der transzendenten Eingebungen von Vin-tôh, dank seiner Leuchtkraft-Energie ...«

So fuhr sie noch minutenlang fort, glücklich, im Zentrum der Aufmerksamkeit zu stehen. Jefferson, der zwischen der Maus und der Stute stand, war empört. Was für eine armselige Sprache! Wenn er solch ein Referat an der Uni geliefert hätte, hätte der Prof ihm ohne zu zögern ein Mangelhaft gegeben. Und wenn Walter Schmitt dagewesen wäre, hätte er bestimmt gewagt zu sagen: »Sagen Sie, junge Frau, könnten Sie das bitte in normales Deutsch übersetzen? Ich kapiere nämlich gar nichts!« Nur war er nicht da, genauso wenig wie Gilbert, und das wurde allmählich beunruhigend.

»Nun«, fuhr Thea fort, »ich möchte niemanden von euch in Verlegenheit bringen; unsere Gesundheitsprobleme sind Dinge, die wir nicht öffentlich verhandeln möchten, doch ich will trotzdem mein Glück versuchen ... Sie dort zum Beispiel, würde es Ihnen etwas ausmachen, uns zu sagen, worunter Sie leiden?«

Sie hatte sich zu der Nutriaratte umgedreht, einer schüchternen kleinen Person mit einer dicken Brille. Sie murmelte etwas Unverständliches, offenbar war es ihr peinlich.

»Entschuldigung, ich habe Sie nicht verstanden.«

Das Rattenmännchen näherte sich ihr, stellte sich auf die Zehen, formte eine Hand zu einem Hörrohr und flüsterte ihr ein paar Worte ins Ohr. Und diesmal war sie es, der es trotz all ihrer Dreistigkeit peinlich war. Sie lachte kurz nervös und wandte sich von ihm ab.

»Nun, ääh ... also ... ich nehme jetzt jemand anderes dran ...«

Mehrere Tiere mussten laut lachen.

»Was hat er gesagt«, fragte die Maus, »was hat er für eine Krankheit?«

»Ich weiß es nicht«, antwortete ihr Jefferson, »und ich glaube, wir werden es nie erfahren. Hättest du es denn wissen wollen?«

»O ja, o ja!«

Thea war ein wenig verwirrt von dem Zwischenfall, hatte aber bereits ein anderes Opfer gefunden: die Stute. Die erklärte bereitwillig, woran sie litt, nämlich an einem Tinnitus, den sie schon seit Jahren hatte und der sie »fast verrückt« machte.

»Sehr schön«, fand Thea, als handelte es sich um eine Freudennachricht, »sehr schön! Der Tinnitus übrigens, wie alle anderen Leiden ...«

In diesem Moment erklang ein freudiges *Honk! Honk!* von der anderen Seite der Mauer. Jefferson spürte sofort Freude in seinem Herzen. *Endlich sind sie da,* sagte er sich, *und ich bin nicht mehr allein!*

Das Tor war für Verspätete angelehnt geblieben, und bald erschienen die Gesichter der beiden Gefährten im Türspalt, einer über dem anderen. Jefferson konnte gerade noch den verblüfften Gesichtsausdruck von Simone wahrnehmen. Dass noch einer von den Reimanns außer ihr sich für Anemos interessierte, war schon erstaunlich, aber noch weitere zwei, das war doch verrückt! Sie warf einen fragenden Blick zu Jefferson, doch der ignorierte ihn.

Natürlich war es Thea, die die Neuankömmlinge persönlich einlud, unverzüglich zu der Gruppe hinzuzustoßen, doch dafür hatte sie auch noch einen besonderen Grund: fraglos musste man bezahlen, bevor man an der *tchâhirâ* teilnehmen konnte! Sie ließ also alle Neulinge stehen, um erst einmal das Geld zu kassieren und in ihre Keksdose zu stopfen.

Sie machte einen ziemlich verärgerten Eindruck, als sie zurückkam, die Verspäteten hinter ihr, und Jefferson war sich sicher, dass er wusste, was passiert war. Angesichts des freudigen Ausdrucks auf den Gesichtern der beiden Schelme und des angesäuerten von Thea, hätte er seine Tolle darauf wetten können, dass Gilbert seine Geldscheine mit der einen Hand ausgehändigt und mit der anderen, der Fremden Hand – *fschtt!* – in dem Moment schon wieder zurückgeholt hatte, in dem sie sie an sich nehmen wollte.

Was Thea an diesem ersten Morgen anbot, war ein vereinfachtes *hôô-tum*. Man begnügte sich damit, die Hände und Arme über dem Kopf zu bewegen, auf alle mögliche Weisen.

»Spürt ihr, wie die unsichtbaren Anhaftungen sich lösen? Wie diese Mikropartikel abfallen? Wie aller Unrat sich in Luft auflöst? Also noch einmal, alle zusammen!«

Walter Schmitt konnte sich nicht zurückhalten und trällerte: »So tun, tun, tun es alle Huhn, Huhn …«

Gilbert vermied es herauszuplatzen und gab ihm einen leichten Rippenstoß, um ihn zum Schweigen zu bringen.

Nach dieser kurzen Freiluftveranstaltung legte Thea den Neuen nahe, sich unter die Eingeweihten zu mischen und sich frei mit ihnen zu unterhalten, während alle auf das Mittagessen warteten. Das sei die beste Art und Weise, sich mit dem Geist von Anemos vertraut zu machen, erklärte sie. Jefferson stürzte sich sogleich auf seine beiden Gefährten. War das aus Wiedersehensfreude oder weil er eine Gefahr spürte? Jedenfalls umarmten sie sich.

»Ihr wart ja ganz schön verspätet! Was war denn los?«

»Ja, entschuldige bitte, Titine wollte nicht recht wach werden. Das Starterkabel hat seinen Geist aufgegeben, und ich musste es ersetzen.«

»Okay, dann will ich euch jetzt erzählen, was ich hier gesehen habe, und das geht auf keine Kuhhaut …«

»Mach dir keine Mühe«, stoppte Gilbert ihn, »wir wissen schon alles! Wir haben mit Markus gesprochen, und er hat uns von deinen Beobachtungen berichtet. Er empfiehlt uns vor allem, nicht zu dritt gleichzeitig auf Simone einzureden, das würde sie in Panik versetzen. Er findet, dass ich zuerst zu ihr gehen sollte, denn schließlich hat sie mir geschrieben.«

»Ja, das ist am besten so«, bestätigte Walter Schmitt. »Aber mach es so, wie wir gesagt haben, ganz langsam.«

»Keine Sorge, Feinsinnigkeit und Nunacen sind meine Stärken. Aber sagt mir nochmal, was Simones neuer Name ist. Agripa oder so?«

»Akrida«, verbesserte ihn Jefferson, »und ihre Freundin heißt Loudi.«

Die beiden saßen auf einer Steinbank, keine zehn Meter entfernt. Gilbert entfernte sich, während er mit leiser Stimme dauernd wiederholte:

»Akrida, Loudi, Akrida, Loudi, Akrida, Loudi ...«

Er hätte es besser gefunden, wenn er allein mit Simone hätte sprechen können. Aber er hatte keine Wahl, und es war dringend. Er marschierte also auf sie zu und sprach sie locker und mit fröhlicher Miene an: »Hallo Agripa, guten Tag, Loupi!«

»Guter Versuch«, kommentierte Simone völlig ernst. Dann wandte sie sich an ihre Nachbarin.

»Loudi, das ist Gilbert, der, den ich gebeten habe, sich um mein Haus zu kümmern.«

»Das freut mich«, sagte Loudi. »Und kümmerst du dich auch darum?«

»Natürlich!«

Er stellte fest, dass Simone ihn nicht wirklich begrüßt hatte. Für einen Augenblick versetzte ihm das einen kleinen Stich, und er fand das unangenehm. Doch dann stand Loudi auf.

»Ich gehe. Ich muss bei der Vorbereitung des Essens helfen.«

Da Simone ihn nicht einlud, sich neben sie zu setzen, tat Gilbert das selbst, hielt aber einen kleinen Abstand zu ihr. Von Nahem konnte er jetzt aber sehen, dass die Wangen ihrer Freundin Falten bekommen hatten und ihr Blick traurig war. Sie guckte auf die Erde.

»Geht es dir gut?«

»Mir geht es *sehr* gut. Und dir?«

»Mir geht es auch gut. Ich freue mich, mich um dein Haus kümmern zu können.«

»Gut. Hast du den Scheck eingelöst?«

»Nein. Vielleicht später. Jetzt gibt es nichts an deinem Haus zu tun. Da war nur die Leiter und die Farbe, aber das haben wir alles in Ordnung gebracht.«

Er stellte fest, dass er gerade einen Fehler gemacht hatte.

»Wir? Sind das Jefferson, Herr Schmitt und du? Seid ihr zu dritt hierher zu mir gekommen?«

»Nein, nein. Nur Jefferson und ich, keine Sorge.«

»Ich mach mir keine Sorgen.«

Sie erhob ihre Augen zu den beiden anderen und senkte sie sofort wieder.

»Wozu seid ihr eigentlich hierhergekommen?«

Gilbert flüchtete sich nicht in die Lüge mit ihren falschen Krankheiten, denn er erinnerte sich an die Worte von Herrn Hild: *Man darf ihr nicht widersprechen, aber man darf sie auch nicht belügen.* Schön gesagt. Er riskierte es.

»Wir sind gekommen … weil dein Brief uns berührt hat, und …«

Der zweite Fehler.

»Ach, weil ihr meinen Brief zu wie vielen gelesen habt? Zu dritt, zu viert? Zu siebenundzwanzig, mit allen Reimanns? Ich glaube aber, ich habe dir und nur dir geschrieben.«

»Hör bitte zu, Simone …«

»Akrida.«

Der dritte Fehler. Er sollte aufstehen und wegfahren. Er war einfach zu blöd. Jefferson hatte sich zwei ganze Tage lang perfekt gehalten, und er war, kaum angekommen, schon in alle Fallen getappt. Er beugte sich vor und nahm seinen Kopf in die Hände, ratlos. Simones Beine neben ihm kamen ihm zweimal länger vor als seine eigenen.

Die weiße Tunika hatte sich über ihre traurige Hose aus grauem Stoff gelegt. Alles war traurig an ihr: die Beine, die Person, die Situation. Langsam richtete er sich auf.

»Hör zu, Akrida …«

Jefferson und Walter Schmitt hatten gesehen, wie Gilbert in sich zusammengesunken und dann aufgestanden war. Und jetzt auf einmal redete er mit großen Gesten und viel Mimik auf Simone ein. Man hätte ihn für einen Neapolitaner halten können. Sie hörte zu, ohne ihn anzusehen, vornübergebeugt.

»Was erzählt er ihr denn da?«, fragte Schmitt. »Es sieht so aus, als würde er improvisieren, das ist doch beunruhigend, oder?«

»Nicht unbedingt«, antwortete Jefferson, »ich kenne ihn, und doch überrascht er mich immer wieder. Er ist manchmal chaotisch, und man weiß nie, was er als Nächstes macht. Aber er hat eine seltene Eigenheit.«

»Aha, und welche?«

»Alle mögen ihn. Wir sollten ihn machen lassen.«

Wie Thea es ihnen empfohlen hatte, suchten sie nun nach einem oder einer der Eingeweihten. Die meisten waren schon vergeben. Doch das Schaf Sinefa war noch übrig und trottete langsam im Hof umher. Sie gingen zu ihr.

»Bravo, Sinefa, das *hôô-tum* gestern Morgen war super!«, rief Jefferson ihr entgegen. »Sie haben Thea perfekt ersetzt.«

»Danke. Sie hätten mitmachen sollen.«

»Ja, das hätte ich sollen. Man hat mir gesagt, Sie seien am längsten von allen hier im *Sanctuary*. Ist das wahr?«

»Das ist wahr. Ich bin vor zehn Jahren hier angekommen und bin nie wieder hinausgegangen.«

Walter Schmitt pfiff beeindruckt.

»Zehn Jahre, ohne jemals hinauszugehen! Kribbelt es Ihnen da nicht manchmal in den Beinen?«

Sie antwortete darauf nicht. Sie gingen nebeneinander, Walter Schmitt an einer Seite, die Hände in den Hosentaschen, Sinefa in sich zusammengesunken und mürrisch, und Jefferson zwischen den beiden. Er stellte fest, dass die weiße Tunika des Schafs nicht sauber war.

»Zehn Jahre; das heißt doch wohl, dass Sie sich hier wohlfühlen?«

»Man fühlt sich hier nicht *wohl*. Das ist die Sprache der Leute draußen. Hier sagen wir, dass wir intensiver leben.«

»Aha.«

Die Unterhaltung erwies sich als recht spröde. Ob man gut bei Anemos aß? Ja. Funktionierte das System der Reinigung durch die Füße? Ja. Langweilte man sich hier nicht? Nein. Jefferson versuchte, die Sprache auf das Wunder zu bringen, das für den nächsten Tag auf dem Programm stand. Wusste Sinefa mehr darüber? Was für eine Art Wunder würde Vin-tôh vollbringen? Die Reaktion auf diese Frage war erstaunlich. Sie blieb plötzlich stehen und betete herunter:

»Vin-tôh hat nichts versprochen. Ein Medium verspricht nie etwas. Es weiß, dass dies Kräfte hervorrufen würde, die nicht mehr zu kontrollieren sind. Man hat Vin-tôh schon bei einer Levitation gesehen, einem Meter über dem Boden schwebend, doch man hat auch erlebt, dass er sich entschuldigte, weil ihm das nicht gelang. Er ist eine außergewöhnliche Erscheinung.«

»Aha«, sagte Jefferson.

Er spürte, wie Walter Schmitt neben ihm zu kochen begann, und er fürchtete schon das Schlimmste, als er ihn sagen hörte: »Sagen Sie, Sinefa, wie viel kostet es Sie eigentlich, das Leben in diesem Vier-Sterne-Hotel, das mir doch einen etwas heruntergekommenen Eindruck macht …«

Eine Glocke, die Thea am Eingang des Speiseraums energisch schwenkte, unterbrach ihre Unterhaltung, und Sinefa nutzte die Gelegenheit, um ihre Gesellschaft loszuwerden. Alle Eingeweihten und alle Gäste eilten zur *hasha*, recht zufrieden, etwas zu sich nehmen zu können.

Die drei Kumpane setzten sich an denselben Tisch wie das Huhn, der Hahn und die Nutriaratte.

»Was für eine Energie sie hat, diese Thea!«, begeisterte sich das Huhn. »Welch ein Charisma! Man möchte ihr egal wohin folgen, nicht wahr?«

»Absolut!«, bekräftigte der Hahn. »Und sehen Sie sich mein Knie an!«

Er hob sein linkes Bein fast bis zur Tischkante, zog die Hose hoch und räusperte sich ein paar Mal.

»Das grenzt an ein Wunder! Gestern noch konnte ich es gar nicht bewegen, und jetzt könnte ich einen Marathon laufen.«

»Nun übertreib mal nicht, Liebling«, versuchte seine Frau ihn zu mäßigen, »übertreib mal nicht.« Doch man spürte, dass sie genauso erwartungsvoll war wie er.

Jefferson ließ ihnen ihre Illusionen. Die Nutriaratte wiederum kniff in regelmäßigen Intervallen die Augen zusammen.

Man konnte nicht sehen, was und wo, doch irgendwas tat ihr weh.

»Können Sie mir die Salatsauce reichen?«, fragte sie nichtsdestoweniger und verzog das Gesicht.

»Na klar«, sagte Gilbert, reichte sie ihr mit der linken Hand und zog sie mit der rechten sogleich wieder zurück.

Jefferson beugte sich zu ihm hinüber.

»Sag mal, Gilbert, was hast du Simone vorhin erzählt? Ich schwör dir, das sah so aus, als spieltest du das Spiel deines Lebens. Du hast total überzeugend gewirkt! Hast du ihr gesagt, in welcher Gefahr sie schwebt?«

»Was? Aber nicht doch. Ich hatte drei grobe Schnitzer in einer Minute gemacht, und habe deshalb vorgezogen, das Thema zu wechseln. Ich habe ein Problem mit dem Sicherungskasten in ihrem Haus erfunden, eine durchgebrannte Sicherung, und ich habe ihr erklärt, dass das gefährlich war, denn, weißt du, eine Sicherung ist dafür da, den Strom zu unterbrechen, wenn die Spannung zu hoch wird. Wenn es dann zum Beispiel ein starkes Gewitter gibt, dann knallt es in allen Ecken, *bam, bam*! Und der Blitz schlägt im Haus ein, nun ja, die Sicherung ist dann …«

»Schon gut, Gilbert, ich hab's kapiert. Und hör auf, so herumzugestikulieren, denn wenn du ein Glas kaputtmachst, wird Thea es dir bestimmt nicht schenken.«

17

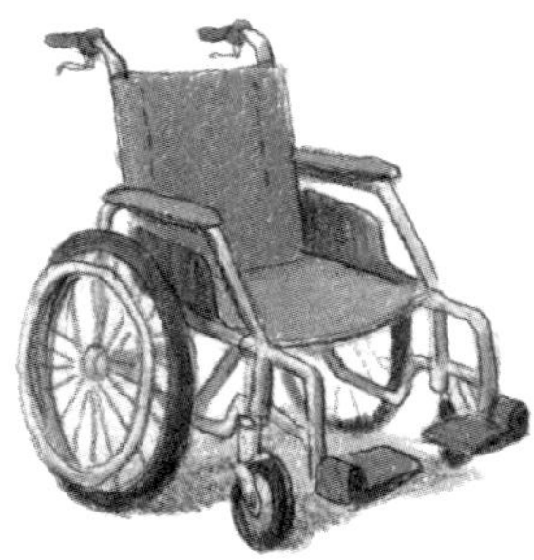

Der Donnerstagnachmittag kam Walter Schmitt sehr lang vor. Das Wildschwein fühlte sich im *Sanctuary* überhaupt nicht wohl. Wenn er mit Gilbert herumalberte, sah man ihn schief an, seine Witze zündeten nicht, das Essen fand er skandalös, die Gemeinschaftsaktivitäten langweilten ihn, und die Predigten waren für ihn abstoßend – kurz, alles ging ihm gegen den Strich.

Während des abendlichen *hôô-tum* psalmodierte er, statt dem alten Wort Respekt zu zollen, mit hinterhältig monotoner Stimme:

»Es ist so schön zu planschen, plitsch! In diesem ganzen Brei, platsch! Ist doch gut für die Füße, plutsch!«

Obwohl er versuchte, sich zusammenzunehmen, musste Gilbert darauf wie verrückt lachen, mit dem Ergebnis, dass beide ausgeschlossen wurden, was Thea trocken kommentierte: »So, die Kinder sind jetzt im Bett, und wir können uns wieder ernsthaften Dingen zuwenden.«

Die beiden bestraften Kinder waren im Schlafsaal im ersten Stock untergebracht, und Jefferson ging nach dem Ende des *hôô-tum* zu ihnen. Schmitt lag zusammengerollt auf seinem Feldbett, drehte aller Welt seinen Rücken zu und rührte sich nicht. Gilbert flüsterte Jefferson zu, dass er viel Mühe gehabt hatte, ihren Gefährten daran zu hindern, den Koffer zu packen und abzuhauen.

Deshalb setzte Jefferson sich auf die Bettkante.

»Walter, ich verstehe, dass Sie sauer sind, doch alles Entscheidende wird sich morgen abspielen, wenn das sogenannte Wunder passiert, das hat jedenfalls Markus gesagt. Wir müssen uns in Geduld üben und dürfen nicht schon vorher unsere Chancen verspielen. Stimmt's? Bitte, Walter, sagen Sie doch etwas …«

Das Wildschwein brummelte etwas von Kartonagen, inmitten derer er sich lieber ausruhen würde, und fügte dann hinzu: »Ich habe verstanden … ich werde brav sein … und jetzt lasst mich schlafen … Gute Nacht.«

Da er am nächsten Morgen immer noch ganz übel gelaunt war, empfahl Jefferson Gilbert, ihn auf ein Glas mit zu *Bei Boris* zu nehmen. Sie könnten ja auch noch ein Stück Kuchen in der Bäckerei essen. Die beiden machten sich also davon und kehrten ganz fröhlich wieder zurück.

Und so kam es, nachdem noch ein paar Stunden verflossen waren, dass der Moment näherrückte, auf den die Eingeweihten wie die Gäste fieberhaft gewartet hatten: Der Auftritt des Meisters, des Gurus, des Mediums, des Führers, des Schamanen, des lebendigen Gottes: Vin-tôh.

Nach dem Abendessen (das Walter für einen Witz hielt) war es dann soweit. Der Hof wurde von dreißig Fackeln beleuchtet, und eine tibetanische Musik mit Glöckchen und Flöten nahm einen direkt nach Nepal mit, ohne dass man ein Flugticket kaufen musste.

Obwohl sie sich alle fest vorgenommen hatten, sich nicht von dieser plumpen Inszenierung blenden zu lassen, fühlte Jefferson sich beeindruckt, beinahe bewegt. Alle im *Sanctuary* außer Vin-tôh waren zu diesem außergewöhnlichen *hôô-tum* versammelt, und der Kreis, den sie bildeten, erstreckte sich über den gesamten Hof. Ein leichter milder Wind ließ die Tuniken der Eingeweihten pittoresk flattern, und Jefferson sagte sich, dass das jedem und jeder der Gäste Lust machen musste, selbst eine zu besitzen, um so zu sein wie sie und dieses Gewand der Spiritualität zu tragen. Er betrachtete sein eigenes Hemd und fand es etwas lächerlich. Ganz zu schweigen von Gilberts T-Shirt, das verkündete: »Ich kann Heizung.«

Nach und nach wurde wurden die Flöten und Glöckchen durch den traditionellen tieftönenden tibetanischen Gong ersetzt, *bôôôôm bôôôôm* … und Vin-tôh erschien.

Er trug dieselbe kürbisfarbene Tunika wie beim Frühstück am Vortag und dieselben Sandalen, doch jetzt trug er eine Zeremonien-Kopfbedeckung, die aussah wie ein umgedrehter Kochtopf. Er schritt langsam und majestätisch in die Mitte des Kreises, die offenen Hände mit den Flächen zum Himmel ausgestreckt vor sich. Lächelnd nickte er seinen Bewunderern, einem nach dem anderen, zu.

»Shall I speak English?«, begann er. »Ou bien français? Eller svenska? Ya hindee? Igen magyár?«

Sein Gesichtsausdruck dazu bedeutete: »Ich werde jede Sprache sprechen, die ihr wollt, ihr könnt wählen …« Und als niemand sich traute, den Mund aufzumachen, sagte er schließlich: »Dann werde ich euch ganz einfach auf Deutsch ansprechen …«

Jefferson stellte dabei fest, dass er einen etwas schleppenden fremdartigen Akzent angenommen hatte, der ganz anders klang als etwa der der letzten Nacht, als er gesagt hatte: »Ich werde für euch jetzt einen Wein der Spitzenklasse aufmachen.«

Alle nickten, ja, ja, ja, auf Deutsch.

»Sehr schön, also auf Deutsch. Mein Name ist Vin-tôh. Ich habe die Ehre, euer Lehrer zu sein, nicht mehr als euer ergebener und ehrlicher Lehrer, der versucht, euch den Weg zum Licht aufzuzeigen.«

Er bewegte sich langsam, ganz aufrecht, mit geöffneten Händen, und seine silbernen Haare blitzten im Schein der Fackeln. Jefferson fand, dass die Bescheidenheit seiner Rede gar nicht zur Arroganz der Redepausen passte.

Vin-tôh führte das *hôô-tum* dieses Abends auf seine eigene Weise durch, die sich sehr von der Theas unterschied. Er bewegte seine Hände und seine Beine sozusagen stoßweise, mit jeweils einem toten Moment dazwischen. Das verlieh den Übungen einen beunruhigenderen und brutaleren Charakter.

Gilbert und Walter Schmitt hatten darauf geachtet, dass sie voneinander entfernt standen, damit sie nicht noch einmal bestraft wurden, besonders in dem Augenblick, als sie ihre Füße in die *shâvârâ* tauchten … also mit ihnen in der Waschschüssel planschten.

Jefferson hatte ein Auge auf die beiden, besonders auf Schmitt, den er noch nie so übellaunig erlebt hatte. Dieser machte die Übungen nicht nur ohne Überzeugung, sondern offenkundig widerwillig mit, und man hatte den Eindruck, das es in ihm kochte. Jefferson betete, dass er nicht schon jetzt explodieren würde.

Am Ende des *hôô-tum* spülten alle Gläubigen ihre Füße wieder ab und stellten sich wie zuvor im Kreis auf, mit dem Guru in der Mitte.

»Um uns herum«, begann dieser wieder, »gibt es Tausende von Kontaktpunkten zwischen dem unendlich Fernen und dem unendlich Nahen, zwischen Sirius und einem Regenwurm. Nur können wir sie nicht sehen, nicht erkennen. Doch eben hier, an diesem Abend und gerade jetzt, da ich zu euch spreche, hat mich einer dieser Punkte der Transzendenz angesprochen. Ohne ihn zu sehen, sehe ich nur noch ihn; er fasziniert mich, erschüttert mich …«

Während er so redete, hatte Vin-tôh sich Jefferson und der Gruppe um ihn genähert. Die bestand unter anderem aus der Stute, der Labradorhündin, dem Reh und Gilbert … *Das ist wegen der Krücken der Reh-Dame, dachte Jefferson. Vielleicht leitet das Metall, aus dem sie bestehen, irgendwie Elektrizität oder so, und Vin-tôh spürt das.*

»Ja«, fuhr der Guru fort, und seine Hände zitterten jetzt, »dort, ganz nah bei uns, gibt es eine Kraft, die zugleich bescheiden ist und mächtig, eine große Energie. Junger Mann, treten Sie vor!«

Jefferson wäre beinahe in Ohnmacht gefallen. Er war gemeint.

»Treten Sie drei Schritte vor. Kommen Sie zu mir. Haben Sie keine Angst.«

Er machte die drei Schritte, wie eine Marionette, unfähig, dem Befehl nicht zu gehorchen. Alle Augen richteten sich auf ihn – etwas, das er mehr als alles auf der Welt hasste. Das dumpfe *bôôôôm bôôôôm* erklang von Neuem, während alles schwieg. Jetzt hob Vin-tôh langsam seinen Arm und berührte mit dem Zeigefinger Jeffersons Kopf.

»Kosmischer Empfänger …«, rief er mit kreischender, beunruhigender Stimme.

Ein langes beeindrucktes »Ooohhh!« lief durch die Zuschauerschaft.

Jefferson versank in Schockstarre. Seine Tolle sollte ein kosmischer Empfänger sein! Seine Tolle! Das war ihm so peinlich, dass er am liebsten im Boden versunken wäre. Reflexhaft suchte er bei Gilbert Hilfe, und wieder einmal war er da an der richtigen Adresse. Der hatte sich bisher noch zurückhalten können, aber das jetzt ging zu weit. Er prustete los und bog sich vor Lachen. Es war wie damals in der Volksschule, wo er sich verstecken musste, weil er immer lachte. Auf der anderen Seite des Kreises ertönte ein weiteres Lachen, natürlich das von Walter Schmitt, ein brüllendes *Hahaha!* Und ein paar der Gäste fielen in das Lachen ein: das Fuchspaar, das Pferd, die Maus …

Für eine Sekunde verzog Vin-tôh angewidert seine Miene, doch er war nicht jemand, der so leicht das Gesicht verlor. Man lachte nur, weil er es so wollte, und ganz bestimmt nicht auf seine Kosten. Er schaffte es im Handumdrehen, wieder Herr der Lage zu sein.

»Ja, ihr habt recht: lachen wir! Hahaha! Lachen wir gemeinsam darüber, dass wir diesen wunderbaren Kontaktpunkt entdeckt haben.«

Thea sprang ihm zu Seite, *hahaha*. Dann alle Eingeweihten, *hahaha*, dann auch noch die Gäste, *hohoho*. Der Hof hallte wider von lautem Lachen, doch es war ein falsches, ein erzwungenes und gewolltes Lachen, das Gegenteil jener spontanen freudigen und unkontrollierbaren Explosion, die ein wahres Lachen ist. Es verhallte schnell.

Vin-tôh erlaubte Jefferson, wieder in die Reihe zurückzutreten, was dieser im Laufschritt tat – so eilig hatte er es, wieder unsichtbar zu werden. Thea trat unterdessen zu Vin-tôh in die Mitte des Kreises, und beide tuschelten eine ganze Weile.

Man hatte den Eindruck, sie dächten darüber nach, wie der Abend weitergehen sollte. Schließlich nickte der Guru als Zeichen seines Einverständnisses und zog sich zurück. Sie nahm das Wort.

»Meine Freunde, dieser Abend ist ein besonderer Abend. Vin-tôh hat mir gerade gesagt, dass er ungewöhnliche Zeichen wahrnimmt, vielleicht dank der Gegenwart dieses jungen Igels mit seiner kosmischen Tolle. Er spürt eine Intensität im Licht dieser Fackeln, in der Zirkulation unserer Energien, in diesem Wind, der uns streichelt. Er spürt, dass in ihm eine ungewöhnliche reinigende Macht emporsteigt, eine verzehnfachte Kraft, und er würde sie gerne dem oder der unter uns darbringen, die oder der ihrer am meisten bedarf.«

Die Eingeweihten und die Gäste waren wie versteinert vor Bewunderung und schwiegen zunächst, im Bewusstsein der Tatsache, dass sie nicht nur den unvergleichlichen Vin-tôh vor sich hatten, sondern auch noch einen Vin-tôh mit zehnfacher Kraft! Einen Vin-tôh, der an diesem Abend den Geist von Anemos in sich trug, kurz, *den* Geist!

Eine Stimme rief:

»Er!«

Das war Sinefa, das Schaf, und sie zeigte auf den Igel Skoni, der sich nur mit Mühe neben ihr auf den Beinen hielt. Er musste sich auf ihre Schulter stützen.

»Er braucht es am meisten! Er leidet schon lange, tapfer, aber ununterbrochen. Er!«

»Nein, sie!«, schrie die Stute und zeigte auf die Reh-Dame mit ihren Krücken. »Ihr geht es immer schlechter! Sie!«

»Nein, i…i… ich!«, stammelte die Nutriaratte und deutete auf sich selbst.

Dann erhoben sich noch weitere Stimmen; schließlich streckte Thea ihre Handflächen vor sich aus.

»Ich bitte euch … biiitte! Das einfachste wird sein, ich treffe selbst meine Wahl; dann müsst ihr euch nicht streiten. Nun wollen wir einmal sehen.«

Sie ging den Kreis entlang, mit zusammengekniffenen Augen, wie ein General, der seine Truppen inspiziert, und blieb schließlich stehen.

»Mein Herr, möchten Sie uns vielleicht sagen, was sie in das *Sanctuary* von Anemos geführt hat?«

Zwei Besucher traten zur Seite, damit man die Person sehen konnte, die Thea so ansprach, und die sich bislang im Hintergrund gehalten hatte, in einer weniger gut beleuchteten Ecke des Hofs.

»Kommen Sie doch bitte näher. Wie heißen Sie?«

»Ich heiße Henry.«

Jefferson spürte, wie seine Beine weich wurden und sein Herz sich zusammenkrampfte. In weniger als einer Sekunde hatte er alles begriffen. Der junge Bulle! Der Gegenstand, der unter der Decke versteckt war – ein Rollstuhl! Sein heimliches Eintreffen zwei Nächte zuvor! Herr Hild hatte richtig vorausgesehen, dass der Abend des Wunders der entscheidende Moment sein würde. Jefferson blickte um sich. Ach, diese naiven Gesichter, diese blinden Augen! In dieser ganzen Versammlung war er der Einzige, der Bescheid wusste, der Einzige, der alles hochgehen lassen und die Wahrheit ans Licht bringen konnte – aber wie?

Der junge Bulle setzte die Räder seines Rollstuhls in Bewegung und brachte ihn vor Thea zum Stehen.

»Erzählen Sie uns, was ihnen zugestoßen ist, Henry, es sei denn, es ist allzu schmerzlich für Sie«, bat sie mit falschem Mitgefühl.

»Das tu ich gern. Ich hatte vor zehn Jahren einen schlimmen Motorradunfall. Ich war zusammen mit meiner Verlobten unterwegs, und dann fuhr ein Autofahrer in uns hinein, der ein Stoppschild übersehen hatte.«

»Oooh!«, riefen die Zuhörenden empört.

»Meine Verlobte war gleich tot«, gab der Stier wieder, was er auswendig gelernt hatte. »Sie war siebzehn, und sie war Krankenschwester …«

»Ooooh!«, litten die Anwesenden mit.

»Und ich bin jetzt allein und an diesen Rollstuhl gefesselt …«

Es folgte Schweigen, schwer von Gefühlen.

»Henry, glauben Sie, dass Vin-tôh Ihnen helfen könnte?«

»Ich würde ja gern mit ja antworten«, sprach der junge Stier mit schwacher Stimme, »doch ich kann nicht recht daran glauben.«

»Henry«, sagte Thea und legte die Hände zusammen, »Sie müssen nicht verzweifeln, ich werde Vin-tôh fragen, ob er glaubt, seine Kraft als Medium könne bewirken, dass die Kraft des Lichts sich auf diesen Ort niedersenkt, in Sie eindringt und Sie befreit. Und Sie sogar aufrichtet! Sie noch an diesem Abend auf diesem Hof gehen lässt! Nichts ist weniger gewiss, da haben Sie recht, aber es sollte nichts unversucht bleiben!«

Der junge Bulle nickte, skeptisch. Thea zog sich zurück.

Jefferson wäre es lieb gewesen, wenn Herr Hild an seiner Seite gewesen wäre und ihm einen Rat gegeben hätte: »Wissen Sie, wie wir am besten damit umgehen, mein lieber Jefferson?« Doch rechts und links von sich sah er nur ein blind gläubiges Huhn und ein Schaf, das bereit war, jeden Quatsch zu schlucken.

Er trat leise einen Schritt zurück, verließ den Kreis und folgte der Mauer, bis er hinter Gilbert und Walter Schmitt stand, die sich längst wieder zusammengestellt hatten.

Unterdessen war Vin-tôh wieder aufgetaucht, wie schwebend, getragen von einer ebenfalls schwebenden Musik, die gewiss von Thea oder auch von Bibi ausging. Vin-tôh hatte für seine Gläubigen keinen Blick und kein Wort übrig. Er begab sich in die Mitte des Kreises, die Augen halb geschlossen, funkelnd von Verschlagenheit. Jefferson nutzte die allgemeine Unruhe, um sich zwischen seine beiden Freunde zu schieben.

»Gilbert! Walter! Dieser Henry ist ein Betrüger! Er ist nicht gelähmter, als ich es bin. Er kann laufen wie ein Hase!«

Er berichtete ihnen von der Szene, die er beobachtet hatte, während er sich auf den Heizkörper gestützt hatte. Und er fügte hinzu: »Und von der Verlobten, die schon mit siebzehn Krankenschwester war, ganz zu schweigen! Das ist völlig unmöglich!«

»Du hast recht«, gab Gilbert zu, »die verschaukeln einen hier so, dass man gar nicht darauf reagieren kann. Je größer der Betrug ist, desto besser geht er durch, möchte man glauben …«

»Jefferson«, fragte Walter Schmitt ganz ruhig, »bist du dir ganz sicher?«

»Mehr als sicher, Walter! Ich habe ihn gesehen, so, wie ich jetzt euch hier sehe! Ich schwöre bei meiner Tolle, der Typ ist ein Betrüger!«

»Gut«, sagte Schmitt, »sehr gut. Ich vertraue dir. Und jetzt lasst mich mal machen. Ich weiß nicht, wie das enden wird, doch es könnte sportlich werden. Gilbert, halte dich bereit, du weißt schon, für was!«

Er wandte sich von ihnen ab. Er war auf beängstigende Weise ruhig, doch man hatte den Eindruck, dass er wie ein Kessel war, der gerade erhitzt wurde, oder besser wie ein Dampfkochtopf, dessen Ventil anfing, leise *Pschitt-pschitt*-Geräusche von sich zu geben, die eine baldige Explosion ankündigten.

Die Musik wurde leiser, die Stimmen verstummten. Als totale Stille eingetreten war, wandte Vin-tôh sich dem Jungbullen zu und bedeutete ihm mit einer Geste näherzukommen. Man hörte ein leises Knirschen der Räder auf dem Boden, und der Rollstuhl bewegte sich auf den Guru zu. Der legte seine Hände auf Henrys Kopf, dann auf seine Schulter und schließlich lange auf seine Beine. Am Ende trat er ein paar Schritte zurück und drehte sich langsam um sich selbst, wie um die Hilfe aller Anwesenden zu beschwören, um das Unmögliche zu vollbringen.

Die Spannung erreichte ihren Höhepunkt. Vin-tôh streckte seine Hände zu dem jungen Bullen aus und forderte ihn auf, sich zu erheben. Der tat so, als versuche er es, und schüttelte den Kopf als Zeichen seiner Ohnmacht. *Was für schlechte Schauspieler, die beiden da!*, dachte Jefferson. Und trotzdem schlug diese Bauernfängerei total ein. Vor ihm war das Schaf Sinefa in Tränen aufgelöst, und manche andere waren es mit ihr.

Vin-tôh war jetzt um Henry herum aktiv; er boxte ins Leere, als wolle er unsichtbare Dämonen vertreiben. Ein paar

Mal hielt er inne und pustete laut auf den Rollstuhl, *fft fft*, bestimmt, um einige üble Ausdünstungen zu vertreiben, die nur er allein wahrnehmen konnte. Dann schlug er wieder in die Luft, als wollte er sich die Gelenke ausrenken, und stieß dabei heisere Schreie aus: »Ahuaa! Ahuoo!« Das war absolut lächerlich, doch niemand lachte, nicht einmal Walter Schmitt, der immer wütender wurde.

Nachdem er diese gymnastischen Übungen abgeschlossen hatte, blieb der Guru bewegungslos und forderte Henry erneut auf, sich zu erheben. Der fand nun offenbar, dass die Kinovorstellung lange genug gedauert hatte, nahm seine Beine und ließ sie seitlich vom Rollstuhl baumeln. Die Füße berührten den Boden. Mit seinen Armen zog er sich hoch und stand nun aufrecht, nur auf eine der Armlehnen gestützt. Vin-tôh selbst ging nun hin und nahm ihm diese letzte Stütze, indem er den Rollstuhl einige Meter weit wegstieß. Henry schien zunächst auf der Suche nach seinem Gleichgewicht zu schwanken, doch er fing sich schnell, machte einen ersten Schritt, auf den bald ein zweiter und ein dritter folgte. Er bedeckte sein Gesicht mit den Händen, als sei er völlig überwältigt von dem, was er gerade hatte tun können.

Vin-tôh blickte zum Himmel, wie in einem Trancezustand. Die Eingeweihten begannen zu schreien und zu weinen. Die Gäste waren völlig verblüfft.

In diesem Augenblick trat Walter Schmitt, dessen Geduld endgültig erschöpft war, in Aktion, und nichts in der Welt hätte ihn aufhalten können.

18

»Halt! Stopp! He, he, da! He, he, da!«

Das waren die ersten Worte, die an diesem Abend auf dem Hof des *Sanctuary* von Anemos von Walter Schmitt ausgesprochen wurden, dem Wildschwein, Bürger des Tierlands, Direktor einer Kartonagenfabrik, Gatte seiner Ehefrau und Onkel von Marie-Claude, genannt *Die Wunde* und Star der Rapgruppe *WildSauRap*.

»Ruhe bitte, bitte Ruhe. Ich will Ihnen zwei oder drei Dinge erklären, wenn Sie es mir erlauben, meine Damen und Herren.«

Walter Schmitt beruhigte sich überhaupt nicht. Mit großen Schritten durchmaß er den Hof, mit rotem Gesicht, und ruderte mit den Armen, kampfbereit, kräftig an Leib und Stimme.

»Ich möchte euch zuerst von dem da erzählen, dem mit dem Kochtopf auf dem Kopf!«

Er zeigte mit dem Finger auf den Guru, der vor Verblüffung unfähig war zu reagieren. Es war schon ziemlich lange her, dass jemand ihn als »der da« tituliert hatte.

»Er nennt sich Vin-tôh, und er heißt Franz, hä, Franz? Franz Aldibert. Er hat als Sänger angefangen, aber das hat nicht funktioniert, und ihr werdet schnell verstehen, warum. Gilbert, mein Freund, kannst du bitte die Musik anstellen? Das Stück nennt sich *Zubizubidu*, ihr werdet nicht enttäuscht sein. Ihr könnt tanzen, wenn euch das zusagt! Und du natürlich auch, Henry!«

Gilbert holte aus dem Nichts eines dieser kleinen Lautsprechergeräte, eine Boombox, hervor und stellte es auf den Boden vor sich. Er brauchte nur noch einen Knopf zu drücken, und schon nahm der Ton vom Hof Besitz. Das einleitende *bum bum* verhieß schon nichts Gutes. Doch als die hohe Kreischstimme von Vin-tôh die erste Liedstrophe intonierte, verstanden die Zuhörer sehr schnell, was ihnen bevorstand:

Wenn die Sonn' am Himmel steht … zubi!
Und der Wind der Liebe weht … zuba!
Dann nehmen wir uns einen Hut … zubo!
Und gehen schnell zu Pizza Hut!

Schon war Vin-tôh in die Richtung des Abspielgeräts gesprungen, wie ein Raubtier, das sich auf ein Gnu wirft, das

sich von der Herde entfernt hat. Es war vorbei mit dem Majestätischen und der Eleganz.

Sein Mund war wutverzerrt.

»Gib das her!«

Aber Gilbert hatte das Gerät schon an sich genommen und rannte in Zickzacklinien durch das Innere des Kreises.

Ist die Sonne heiß dann auch … zubi!
Und ist keine Kälte da … zuba!
Dann zeigen wir den Bauch … zubo!
Und die Mädels kreischen: O lala!

»Gib mir das, du Arschloch!«, brüllte Vin-tôh.

»Fass mich nicht an, Franz! Wir wollen den Song genießen!«

»Jawohl, vor allem, weil jetzt der Refrain kommt«, mischte sich Schmitt ein. »Ein bisschen lauter, Gilbert!«

Vin-tôh versuchte, ihn an den Beinen festzuhalten, wie beim Rugby, doch er wurde zum Opfer eines Hakens von Gilbert, und er landete mit der Nase im Dreck, während der angekündigte Refrain ertönte:

Die Zubizubidu …
Die Zubizubida …
All die süßen Zuckerpuppen,
Die sind nur für uns da!

Jefferson musste an die improvisierten Liedtexte von Herrn Hild zurückdenken, in dem Bus, der vor vier Jahren die Reimanns aus Domburg zurückbrachte. Ach, das war dann doch etwas anderes.

Als Gilbert an Henry vorbeilief, versuchte der ihm ein Bein zu stellen, verfehlte ihn aber und lief ein paar Meter hinter ihm her, bevor er sich plötzlich daran erinnerte, dass er doch gelähmt war. Er tat deshalb so, als könne er sich nur unter Schmerzen zu seinem Rollstuhl zurückbewegen, und ließ sich in ihn fallen.

»Meine Damen und Herren, sehen Sie doch«, brüllte Schmitt, »seht doch, wie sie euch betrogen haben! Thea, Vin-tôh, Henry! Die Könige der Music Hall! Was haben sie dir dafür geboten, Henry, damit du uns diese Komödie vorspielst? Man hat dich noch vor zwei Tagen auf deinen beiden Beinen herumlaufen sehen! Betrüger! Hast du mal auch nur eine Sekunde an die gedacht, die wirklich auf den Rollstuhl angewiesen sind? Und du, Vin-tôh, wenn du vielleicht geglaubt hast, du könntest dein Spielchen noch weiterspielen, dann hast du dich getäuscht, du Täuscher!«

Die meisten Gäste waren von der Szene, die sich vor ihren Augen abspielte, so verblüfft, dass sie nur still mit offenen Mündern dastanden. Doch mehrere der Eingeweihten rebellierten, zuerst der Kater Raoul: »He, wer bist du denn, dass du meinst, hier alles kritisieren zu können? Wir sind hier schon seit Jahren, mein Herr! Sie, Sie sind gestern angekommen und wollen uns belehren?«

Dann Sinefa, sehr aufgebracht: »Ja, es reicht, meine Herren! Haben Sie denn vor nichts Respekt?«

»Wie bitte?«, empörte sich Schmitt. »Respektieren die denn euch? Sie erzählen euch doch nur Quatsch! Sie mixen Tibet, Griechenland und Indien zusammen, das hat doch weder Hand noch Fuß! Sie stehlen euch euren Namen, euer Geld, eure Gesundheit. Sie heilen euch von gar nichts, im Gegenteil: Guckt euch doch nur den armen Herrn Skoni an, seht euch die Rehdame an! Beide bräuchten richtige Ärzte und keine Scharlatane!«

»Halt die Klappe, du fetter Suppenkloß!«, beschimpfte ihn Vin-tôh, bleich vor Wut.

»Ach ja, reden wir von der Suppe!«, gab das Wildschwein zurück. »Während deine Anhänger Endivien knabbern, haut ihr euch, du und deine Kumpel, in eurem warmen Nest da oben den Bauch voll! Während sie Wasser aus dem Wasserhahn trinken, kippt ihr euch die besten Weine hinter die Binde! Beweist mir das Gegenteil, ihr Heuchlerbande!«

Gilbert hatte den Ton runtergedreht, damit alle diesen heftigen Wortwechsel hören konnten. Vin-tôh versuchte, seinem Gegner etwas entgegenzusetzen, doch Schmitt war nicht zu bremsen: »Und die da, die Gurine, die hat an der Stelle eines Gehirns eine Sparbüchse! Jeden Morgen sagt sie euch, dass sie euch liebt, doch was sie wirklich liebt, ist das!«

Dabei rieb er mit dem Daumen gegen den Zeigefinger – die Geste für Geld, die jeder auf der Welt kennt.

»Es ist ganz einfach: ihr zeigt ihr einen 100-Kronen-Schein, und ihre Pupillen werden weit!«

Thea hielt das nicht mehr aus. Sie zeigte ihm eine hasserfüllte Grimasse, biss die Zähne zusammen und verschwand. Schmitt ignorierte sie; er war jetzt in Fahrt wie ein Kampfpanzer.

»Und glaubt ja nicht, es sei eure eigene Wahl gewesen, hierherzukommen! Sie waren es, die euch gewählt haben! Sie haben euch ausfindig gemacht, weil ihr traurig wart oder allein oder entmutigt oder weil ihr Schmerzen hattet. Oder alles auf einmal. Aber ihnen geht es nur um euer Geld! Und sie wollen von euch bewundert werden. Sie lügen mit jedem Atemzug, diese Halunken! Seht euch doch diesen Zubizubidu da an! Ihr kriecht vor ihm, während er …«

Er konnte den Satz nicht zu Ende bringen. Der Stiel einer Hacke war auf seinem Kopf niedergegangen, und in weniger als einer Sekunde war er in das Land der Träume versetzt. Schmitt war nicht ganz leicht, und der, der ihn niedergestreckt hatte, musste sich anstrengen, ihn vom Boden zu heben. Bibi, denn der war es gewesen, packte ihn trotzdem auf seinen Buckel und lief mit ihm zum Tor, das Thea inzwischen geöffnet hatte. Gilbert stürzte hinzu, um seinem Freund zu helfen, doch sogleich spürte er, wie er selbst in die Luft gehoben wurde. Henry hatte seine Rolle als Gelähmter aufgegeben und die eines Ausführenden niederer Dienstleistungen angenommen. Er machte sich nicht einmal die Mühe, Gilbert zu betäuben. Er nahm ihn in seine Arme und trug ihn wie ein trotziges Kind fort.

»Lass mich los!«, schrie Gilbert und wand sich wie eine Made, doch Henrys Arme blockierten ihn wie ein Schraubstock. »Lass mich los, dreckiger Lügner! He, ihr alle da, helft mir! Jeff! Jeff! Hilf mir!«

Jeffersons Entschluss ging ohne Zeitverlust durch sein Gehirn. Zu hören, wie sein Freund nach ihm um Hilfe rief, machte ihn fertig. Er nahm die Beine in die Hand und war bereit, wenn nötig sein Fell zu lassen. Doch Henry empfing ihn mit einem heftigen Tritt gegen seine Brust. Ein Olympiasieger in Karate hätte es nicht besser machen können. Jefferson flog fünf Meter, sein Atem stockte und er wurde beinahe ohnmächtig.

Henry hatte ihn sich vom Leib gehalten, ohne ihn auch nur anzusehen. Er ging durch das Tor, gab Gilbert noch einen guten Nackenschlag und lud ihn auf der bewusstlosen Masse von Walter Schmitt ab.

Gilbert, der etwas benommen, aber bei Bewusstsein war, hörte, wie sich das Tor hinter ihm schloss. Plötzlich kehrte

Stille ein. Der Mond, zwischen zwei Wolken, tauchte ihre beiden Leiber in weißes Licht.

»Walter! Walter! Geht es?«, seufzte er, während seine Backe beinahe die des Wildschweins berührte.

Für kurze Zeit herrschte Stille, dann hörte er, wie Schmitt ihm mit ganz schwacher Stimme ins Ohr trällerte:

»... *Dann nehmen wir uns einen Hut ... zubo ... und gehen schnell zu Pizza Hut!* ... Ist doch gar nicht schlecht, das Lied.«

19

Kaum war es im Hof wieder ruhig geworden, versuchte Vintôh, die Kontrolle über die Lage zu bekommen.

»Es ist alles gut, meine Freunde … alles ist gut … es wird immer Ungläubige geben, Ignoranten … damit müssen wir zurechtkommen … bilden wir wieder einen Kreis, ich bitte euch … ich werde euch alles erklären … die kosmische Kraft … Henry … das Wunder, das keines ist, doch trotzdem eins ist, ihr werdet verstehen … das Licht … der Wind … hört mich an …«

Jefferson konnte wieder atmen und war bei vollem Bewusstsein, aber er war völlig verzweifelt. Die zwei Freunde, die er hierhergeführt hatte, waren geschlagen und hinausgeworfen worden. Trotz ihrem Mut war das Fiasko total. Gilbert hatte nach ihm gerufen: »Jeff, hilf mir!«, und er hatte ihm nicht helfen können. Ihm kamen die Tränen, vor Scham, vor Wut und vor Schmerz. Alles war seine Schuld … *Herr Hild, Herr Hild, was soll ich tun?*

Eins war allerdings sicher: Er würde keine Minute länger an diesem Ort der Lüge und der Gewalt bleiben. Allein der Gedanke zu hören, wie Vin-tôh wieder und wieder seine Lügen verzapfte, war ihm unerträglich. Er machte sich auf den Weg zu seinen Kameraden draußen. Am Tor erwartete ihn Thea. Diesmal ging es gewiss nicht um sein »Potential«. Alles in ihren Augen drückte Misstrauen und Verachtung aus.

»Mein kleiner Jefferson, ich werde dir einen Gefallen tun: Ich lasse dich deine Sachen in deinem Zimmer zusammensuchen, aber du wirst in der kommenden Viertelstunde das *Sanctuary* verlassen, und ich bitte dich, nie wieder einen Fuß hineinzusetzen. Ich bitte dich ebenfalls, zu Anemos den Mund zu halten. Das wäre sonst auch eine Nummer zu groß für dich. Also los, hau ab!«

Unter ihrem linken Nasenflügel vollführte ihre Lippe einen tollen Tanz. Er antwortete nicht. *Sie ist nicht die Spucke wert, die ich dabei ausspucken würde*, sagte er sich. Er ging in sein Zimmer hinauf, packte seine Reisetasche und den Rucksack und ging weiter in den Schlafsaal im ersten Stock, um die Sachen seiner beiden Kameraden einzusammeln. Inzwischen musste er sich beeilen. Ob Titine wohl noch da wäre, wenn er hinauskäme? Trotz seiner Last trippelte er schnell die Treppe hinunter und gelangte wieder auf den Hof, wo Vin-tôh schon völlig im Wahn redete: »Ist das, was man sieht, stets auch die Wahrheit?«

»Neiiiiin«, blökten die Eingeweihten.

»Gibt es ein anderes Licht hinter dem Licht?«

»Jaaaa …«

Er hätte kotzen können. Er lief zum Tor und nahm auf einmal Simone wahr. Sie stand immer noch im Kreis, doch sie machte einen völlig verstörten Eindruck. Ihre Ohren hingen ihr trauriger als je zuvor auf die Brust hinab. Er lief zu ihr: »Simone, Simone, komm mit mir mit! Komm!«

Sie schüttelte kaum merklich den Kopf.

»Komm!«

»Nein«, murmelte sie.

Er sah, dass Thea sie beobachtete und sich auf sie zu bewegte.

»Simone, da ist ein kleiner Platz unter den ersten Bäumen, kurz vor dem Abhang. Wir werden da mit Gilberts Lieferwagen auf dich warten. Die Sonne geht um sieben Uhr auf. Wir werden bis zum ersten Sonnenstrahl auf dich warten. Hast du mich verstanden?«

Sie neigte den Kopf nach unten.

»Lass mich, Jefferson.«

Als Thea bedrohlich näherkam, entfernte er sich, öffnete selbst das Tor und schloss es hinter sich. Der Lieferwagen war nicht da. Er fühlte sich elend und lief den Weg entlang, dessen Kiesel unter seinen Füße rollten. Als er sich den Bäumen näherte, sah er, dass Titine darunter parkte.

Vorsichtig öffnete er die Tür auf der Beifahrerseite und war überrascht, niemanden in der Kabine zu sehen.

»Ich bin hinten«, rief eine verschlafene Stimme, und zwei- oder dreimal war der Lichtkegel einer Taschenlampe zu sehen.

Er schob die Seitentür auf und erkannte im Halbdunkel Gilbert, der in dem Zahnarztstuhl saß. Auch der Kinosessel stand an seinem Platz, doch der übrige Rum war nun vollgestopft mit Werkzeug und Material. Es war ausgeschlossen, hier eine Campingmatratze auszurollen.

»Entschuldige, ich mach das Licht nicht an, weil ich Kopfschmerzen habe«, beklagte sich Gilbert. »Dieser Henry, was der hat, ist keine Faust, sondern ein Bügeleisen. Und du, wie geht's dir?«

»Es geht. Bist du allein?«

»Ja, ich habe Walter nach unten gebracht, zur Hauptstraße, und Markus und Musette haben ihn abgeholt. Ich bin dann wieder hoch, um auf dich zu warten.«

»Danke. Und wie geht es Walter?«

»Er hat eine hühnereigroße Beule auf dem Kopf und singt immer wieder *Zubizubidu*. Fahren wir?«

Und er stand schon auf, um sich ans Steuer zu setzen.

»Nein, Gilbert, ich habe Simone gesagt, dass wir hier bis sieben Uhr morgens auf sie warten.«

»Ah, und du bist sicher, dass sie kommen wird?«

»Ööh … nein.«

Gilbert checkte sein Handy und seufzte.

»Es ist Mitternacht, mach es dir bequem. Und wenn du Hunger hast, habe ich noch eine halbe Packung Pepitos im Handschuhfach.«

Er zog sich seine Decke über den Kopf, gähnte und war still.

Jefferson fand die Kekse und machte es sich auf dem Kinosessel bequem, ohne sich auszuziehen. Er knabberte eine gute Viertelstunde lang im Dunklen, bevor er zu fragen wagte: »Bist du sauer auf mich?«

Gilbert schlief nicht.

»Warum sollte ich sauer auf dich sein, Jeff?«

»Nun ja, weil du vielleicht glaubst, dass ich dich im Stich gelassen habe …«

»Aber nicht doch! Ich habe nichts gesehen, weil Henry mich mit dem Kopf zum Ausgang gehalten hat, aber ich habe ein *Aauaaa!* gehört, und ich habe mir gedacht: Das ist mein kleiner Igel, dem der Leib gerade verdammt weh tut.«

»Und wie! Es hat sich so angefühlt, als käme mir sein Fuß am Rücken wieder raus.«

Gilbert gluckste und fasste sich sogleich wieder an den Kopf.

»Hör auf, es tut mir weh, wenn ich lachen muss. Du warst echt tapfer, Jeff, und glücklicherweise hast du noch die Nachricht für Simone hinterlassen können.«

»*Pff*, die Nachricht … du weißt genau, dass sie nicht kommen wird … du weißt, was sie geantwortet hat, als ich ihr nahegelegt habe, zu uns zu kommen?«

»Nein.«

»Sie hat gesagt: Lass mich, Jefferson.«

»Hat sie dir in die Augen geguckt, als sie das gesagt hat?«

»Nein, sie hat den Kopf gesenkt.«

»Dann wird sie kommen. Sie hat diesen plumpen Betrug mit dem Wunder gesehen, und das wird sie zum Nachdenken gebracht haben.«

»Sie wird nicht kommen, sie ist starrsinnig.«

»Sie wird kommen, Jeff. Was passiert denn in den Filmen, wenn man eine Person wie sie lange in der Nacht erwartet? Wird diese Person kommen oder nicht?«

»Sie kommt.«

»Ja, sie kommt, und sie kommt genau in dem Moment, in dem man die Hoffnung schon verloren hat, in dem Moment, wo man aufgeben und wegfahren wollte.«

»Du hast recht. Das Problem ist nur, dass wir nicht in einem Film sind.«

»Nein, wir befinden uns nicht in einem Film, aber doch in einer Geschichte, mein kleiner Igel! In unserer Geschichte! Und wo sitzt du da eigentlich?«

»Auf einem Kinosessel.«

»Genau! Und jetzt gute Nacht!«

Jefferson wurde von gedämpfter Musik geweckt. Rap. Sofort erkannte er *WildSauRap* und die unnachahmliche Stimme von *Die Wunde*, die vehement versicherte: *Das war knapp, o sch... das war knapp* ... Es war halb sieben und noch völlig dunkle Nacht. Er stand auf und machte ein paar Lockerungsübungen. Gilbert drehte den Ton lauter.

»Siehst du, ich habe meine Boombox gerettet! Aber ich habe meinen Rucksack da hinten im Schlafsaal zurückgelassen, und ich werde auf keinen Fall zurückgehen. Ich schenke ihnen sogar meine Ersatzunterhosen! Hast du gut geschlafen?«

Jefferson war froh, ihm sagen zu können, dass er ihre Sachen eingesammelt hatte. Sie hatten beide Hunger, sie froren, und ihre Glieder schmerzten nach der Nacht in den Stühlen. Und Simone hatte noch eine halbe Stunde, um aufzutauchen.

Sie stiegen aus dem Wagen und blickten durch die Nacht in Richtung *Sanctuary*. Dort regte sich nichts. Ein kleiner kalter Windstoß ließ sie frösteln. Simone schlief bestimmt in ihrem warmen Bett, verwünschte sie und schwor sich, nie wieder ein Wort mit ihnen zu sprechen.

Viertel vor sieben. Über den Bäumen, im Osten, kündigte ein blasses Licht den Tag an, doch dafür musste man sehr genau hingucken. Sie stiegen wieder vorn in den Lieferwagen, zogen ihre wärmsten Kleidungsstücke an und übten sich in Geduld.

Fünf vor sieben. Der Himmel hatte eine rosige Farbe angenommen. Jefferson stieg wieder aus, machte ein Dutzend Schritte in Richtung *Sanctuary*, dessen graue Mauern sich jetzt im Morgenrot deutlich abzeichneten.

Er ging zurück und setzte sich wieder neben Gilbert.

Eine Minute vor sieben. Nun ja, so war es: Es gab Geschichten, und es gab das wirkliche Leben. So war das also.

Gilbert machte den Countdown:

»10 … 9 … 8 … 7 …«

Bei Null drehte er den Zündschlüssel herum, und Titine setzte sich ohne zu mucken in Bewegung.

»Also, Jeff, wir haben getan, was wir konnten. Wir werden jetzt bei Musette einen Kaffee trinken und dann nach Hause fahren. Einverstanden?«

Jefferson nickte. Ja, sie hatten getan, was sie konnten. Das war es doch, worauf es ankommt, nicht wahr? Zu tun, was man kann.

Gilbert legte den Rückwärtsgang ein, um unter den Bäumen hervorzukommen, und manövrierte den Wagen vorsichtig in die richtige Richtung. Titine war ein Morgenmuffel; man musste sie ganz sanft behandeln. Ihre Scheinwerfer hatten in etwa die Leuchtkraft von zwei Taschenlampen, sie begann gerade die Fahrt ins Tal, als Jefferson noch einmal zweifelte.

»Warte! Wir sollten Simone eine letzte Chance geben. So als Abschiedsgeschenk. Also bitte, nur eine Minute …«

Gilbert seufzte und ließ Titine anhalten, allerdings bei laufendem Motor.

Jefferson stieg aus, marschierte entschlossen zum *Sanctuary*, und als er sich ihm näherte, sah er, wie im Morgenlicht nicht eine, sondern zwei Gestalten auftauchten, die ihm entgegenliefen, bepackt mit ihren Sachen.

»Simone! Loudi!«, rief er. »Wir sind hier!«

Die beiden Häsinnen, ganz außer Atem, konnten nur stammeln: »Danke … danke.« Sie brachten sie hinten auf den beiden Stühlen unter und stapelten so gut es ging ihr Gepäck

zwischen ihnen. Dann setzte sich Gilbert wieder ans Steuer, und sie machten sich auf den Weg, ohne ein Wort zu verlieren.

Als sie dort ankamen, wo es wieder Empfang gab, machte Jefferson sein Handy an und ging auf die Website der Uni. Er tippte einen Augenblick herum, dann verbarg er seinen Kopf in den Händen.

»Was ist passiert?«, fragte Gilbert beunruhigt.

»Meine Prüfungsergebnisse sind gekommen«, antwortete er, »alle.«

»Ach, deshalb heulst du. Tut mir leid. Aber kannst du die Prüfung nicht im nächsten Semester wiederholen?«

»Das ist es gar nicht«, gluckste Jefferson. »Ich bin durch, mit einem Schnitt von zwei plus!«

Die Stoßdämpfer ächzten auf dem holprigen Weg, und Gilbert entschuldigte sich dafür:

»Tut mir leid, meine Titine. Wir sind gleich auf der Asphaltstraße.«

Als sie dort angekommen waren, lösten sich die Zungen.

»Wo fahren wir hin?«, fragte Simone.

Dort hinten konnten die beiden Flüchtenden die Straße nicht sehen.

»Sagen wir, wir fahren zur Arche Noah«, witzelte Gilbert, der immer gern geheimnisvoll tat.

»Und das heißt?«

»Das werdet ihr sehen, es ist ganz in der Nähe.«

Die Nacht war für die vier in dem Wagen sehr kurz gewesen. Sowohl für Jefferson und Gilbert auf ihren Stühlen, die als Bettersatz hatten dienen müssen, als auch für die beiden Häsinnen, die die ganze Nacht miteinander geflüstert hatten, die sich endlos beredet hatten, bevor sie im Morgengrauen ihre Entscheidung fällten und so schnell sie konnten davonliefen, in der irren Hoffnung, dass der Lieferwagen noch dastehen würde.

Ja, sie war kurz gewesen, diese Nacht, und sie fühlten sich wie in Watte gebettet, als sie *Musette am See* erreichten. Gilbert hatte Herrn Hild ihre Ankunft angekündigt, sodass sie ein reichlich gedeckter Frühstückstisch im Gasthof erwartete. Markus Hild saß am Ende des Tischs neben Musette. Die anderen wussten nicht, ob sie sich den vielen leckeren Sachen jeweils mit dem Löffel oder dem Messer nähern sollten. Es gab genug Toastbrot, Brioches, Croissants, Orangensaft, Butter, Honig, hausgemachte Konfitüren, Cornflakes, Kaffee, Tee und Kakao. Und es gab sogar noch etwas Besseres: aufmerksame Freundlichkeit und Lächeln. Nur Walter Schmitt fehlte, der noch immer mit geballten Fäusten schlief. Ein Arzt-Schaf, das noch in der Nacht gekommen war, hatte recht beruhigende Nachrichten. Der gute Walter hatte einen ziemlich harten Schädel. Vor dem Aufbruch sollte man nur noch etwas warten, bis er sich einigermaßen erholt hatte.

»Fahren Sie mit uns nach Hause, Markus?«, fragte Jefferson, während er sein Brot in seine Kakaotasse stippte.

Eigentlich wollte er damit nur die Unterhaltung beleben, ohne dass Simone und Loudi allzusehr mit Fragen zu dem, was sie erlebt hatten, belästigt wurden. Es ist nie einfach zuzugeben, dass man einen Fehler gemacht hat. Doch seine gute Absicht wurde zur Ursache für eine andere Verlegenheit.

»Nun ja, öhm …«, begann Herr Hild, nachdem er sich ausführlich den Mund mit seiner Serviette abgetupft hatte, um Zeit zu gewinnen, »vielleicht werde ich hier noch bis morgen bleiben, weil ich … nun ja …«

Musette sah amüsiert zu, wie er sich verhaspelte. Und Jefferson fand, dass die beiden machen konnten, was sie wollten, aber ihr Geheimnis doch nicht bei sich behalten konnten. Man konnte es an den kleinen Aufmerksamkeiten erahnen, die sie einander erwiesen, an ihren Augen und daran, welche Mühe es ihnen machte, aus Schamhaftigkeit wenigsten ein kleines bisschen Distanz zu halten. Es war, als hätte sich, ohne dass sie es wollten, über ihren Köpfen ein riesiges unsichtbares Spruchband entfaltet, das der ganzen Welt verkündete: VERLIEBT!

Die beiden Häsinnen wiederum hatten Schwierigkeiten, gute Manieren an den Tag zu legen, so ausgehungert waren sie anscheinend. Und gerade als Simone in ein Buttercroissant biss, ergriff Loudi zur allgemeinen Verblüffung das Wort. Sie kämpfte sichtbar mit ihrer schüchternen Natur, aber sie hatte sich bald im Griff.

»Jefferson, ich weiß nicht, ob du deinen Kameraden diese Geschichte mit dem Gebäck vom Bäcker erzählt hast …«

Alle hoben die Köpfe. Ja, sie wussten es. Sie wussten, dass Vin-tôh sie vor allen Eingeweihten heruntergemacht hatte, weil Simone sie verpetzt hatte. Was gab es dem noch hinzuzufügen? War das entschuldbar? Doch Loudi hielt eine ziemliche Überraschung für sie bereit.

»Du hast geglaubt, dass Akrida mich verraten hat, stimmt's? Aber da hast du dich geirrt. Das war nicht sie. Das war der Kater Raoul, der im *Bei Boris* kellnert. Er hat mich aus der Bäckerei herauskommen sehen und hat alles berichtet. Ich wollte, dass du das weißt.«

Jefferson fühlte sich sehr unwohl. Er hatte sich täuschen lassen und, schlimmer noch, Simone als Verräterin hingestellt. Er murmelte aufgeregt Entschuldigungen. Simone unterbrach ihn sehr bewegt: »Sie haben mir den Kopf verdrehen können, aber nicht so weit. Ich mach so was nicht … nicht gegen meine Freundinnen.«

Beide fingen nun an zu seufzen und fielen sich in die Arme. Es gab tatsächlich ziemlich viel Liebe an diesem Tisch.

»Auch wir, auch wir sind Freunde!«, erklärte Gilbert, während er falsche Tränen trocknete, und er nahm Jefferson, der sich vergeblich sträubte, stürmisch in seine Arme.

Alle brachen in Gelächter aus, die beiden Häsinnen eingeschlossen.

Die kündigten an, dass sie noch ein paar Tage gemeinsam verbringen wollten, bevor sie sich trennten. Weder für die eine noch die andere war es gut, allein zu sein nach diesen harten Erfahrungen. Gilbert und Jefferson schlugen vor, sie bei Loudi abzusetzen, das war auf ihrem Weg.

Gerade wollten alle vom Tisch aufstehen, als Walter Schmitt in olympischer Wettkampfform im Saal aufschlug. Die hühnereigroße Beule auf seinem Kopf war nur noch ein Wachtelei, und er grüßte alle mit einem kräftigen: »Hallo, ihr Zubizubidus!«

Epilog

Wieder zu Hause verlor Jefferson keine Zeit. Er verschaffte sich die Mailadressen aller Mitglieder der Reimann-Reise und schrieb ihnen das Folgende:

Liebe alle,

Sie können sich gewiss an das Abenteuer erinnern, das wir gemeinsam in Domburg, bei den Menschen, erlebt haben. Nach der Rückkehr hat jede und jeder von uns leichten Herzens wieder sein Alltagsleben aufgenommen, doch für eine von uns, Simone, war das nicht so leicht. Sie hat sich so allein und traurig gefühlt, dass sie auf die Tricks einer Sekte hereingefallen ist und schließlich deren Gefangene war. Diese Sekte nennt sich Anemos und hat ihren Sitz in der Nähe von Morgand. Markus Hild, Walter Schmitt, meinem Freund Gilbert und mir ist es gelungen, sie aus dieser Falle zu befreien, doch wenn sich nichts weiter ändert, besteht die Gefahr, dass Simone uns erneut verlorengeht.

Was können wir da tun?, werden Sie mich fragen. Meiner Meinung nach ist es nutzlos, sie mit Vorwürfen und guten Ratschlägen zu überschütten. Ich dachte nur, wir könnten einfach mehr da sein, sie von Zeit zu Zeit anrufen. Das Gefühl, einsam zu sein, ist vernichtend, doch es bedarf keines großen Aufwands, es immer mal wieder zu zerstreuen, zu widerlegen.

Bevor sie ihr Haus verlassen hat, hat Simone versucht, ganz alleine ihre Fensterläden zu streichen. Dabei ist sie von der Leiter gefallen und hat sich wehgetan. Hat vielleicht jemand von Ihnen Zeit, mir dabei zu helfen, die Arbeit zu vollenden (Gilbert hat wirklich keine Zeit)? Schmirgelpapier, Farbe und Pinsel sind vor Ort vorhanden, alles ist da. So könnten wir sie überraschen, wenn sie nach Hause kommt. Und wenn Sie noch andere Ideen haben …

Ganz herzlich,
Jefferson

In weniger als zwei Tagen trafen von so gut wie allen Antworten ein, und die allgemeine Großzügigkeit rührte ihn zu Tränen. Emil, der taubstumme Kater, wollte sich um die Fensterläden kümmern und ergänzte, dass er alle Etappen der Arbeit in Fotos festhalten könnte. Herr und Frau Frerot schlugen vor, Simone in ihre Nordic-Walking-Gruppe einzuladen. Die beiden Füchsinnen hatten die Idee, ihr Interesse für das Sommerfestival Cinemanimo zu wecken, das sie gerade gegründet hatten. Herr Hild nahm die Gelegenheit wahr, um die, die es noch nicht wussten, darüber zu informieren, dass er vor zwei Jahren seine geliebte Esther verloren hatte. Hinsichtlich Simone schrieb er: Wer hätte denn gedacht, dass sie sich schon so weit aufgegeben hatte?, und Jefferson stellte sich schon alle Wörterbücher vor, in denen »sich aufgeben« vorkam. Doch die praktischste Mail war die von Walter Schmitt.

Hallo, meine Reimann-Freunde,

er ist sehr nett, unser Jefferson, aber sein Fehler ist, dass er zuweilen manches zu schwer nimmt. Wenn alle sich auf die arme Simone stürzen, wird sie davon ziemlich genervt sein. Wir sollten das vorsichtiger angehen. In der kommenden Woche gibt meine Nichte Marie-Claude, die sich jetzt *Die Wunde* nennt (ich werde mich nie daran gewöhnen!), mit ihrer Gruppe *WildSauRap* ein Rapkonzert (es war ausverkauft, aber es gibt jetzt einen weiteren Termin). Wir, meine Frau und ich, haben 27 Plätze gekauft, und wir laden euch alle ein! Simone wird da sein, aber das wird bestimmt ganz ungezwungen wirken. Einfach eine Wiedersehensfeier. Und danach machen wir es, wie Jefferson vorgeschlagen hat, aber ohne mit der Tür ins Haus zu fallen. Was haltet ihr davon? Ich umarme Euch.

Walter

Der Kater Emil holte Jefferson am Morgen ab, zwei Tage vor der voraussichtlichen Rückkehr von Simone. Niemand hatte an das Haus gerührt. Sie gingen die Arbeit mit Methode an: Schleifen, Abstauben, erste Farbschicht, Trocknenlassen, Nachschleifen, zweite Farbschicht. Sie machten Pausen, um auf einem Steinmäuerchen sitzend einen Becher Kaffee zu trinken oder ihre Stulle zu essen. Es war seltsam, dies alles in fast völliger Stille zu erleben. Nur das Rascheln der Blätter in den oberen Ästen der Pappeln im Wind und das Zwitschern der ersten Lerchen. Wenn sie sich über etwas verständigen mussten, schrieb Emil seine Mitteilung auf eine Seite seines Notizbuchs, und Jefferson setzte sich ihm gegenüber und bemühte sich, ganz deutlich zu artikulieren.

Der Autor

Jean-Claude Mourlevat wurde 1952 in Ambert in der Auvergne, einer Landschaft in der Mitte Frankreichs, geboren. Seine Eltern waren Bauern, und er war das fünfte von sechs Kindern. Ein paar Jahre lang unterrichtete er Deutsch an der Schule, bevor er Schauspieler und Theaterregisseur wurde. Seit 1997 schreibt er Bücher, die von der Kritik, den Lesern und Leserinnen sowie den Jurys für Preise sehr gut aufgenommen wurden. Er wohnt mit seiner Frau Rachel in der Nähe von Saint-Étienne. Das Paar hat zwei Kinder. Seine Romane sind in dreißig Sprachen übersetzt worden. So erschien 2020 *Jefferson*, der erste *Jefferson*-Roman, auf Deutsch bei Jacoby & Stuart. 2021 erhielt Mourlevat den Astrid Lindgren Memorial Award, den höchstdotierten Jugendbuchpreis der Welt.

Als der Igel Jefferson seinen Friseur Herrn Edgar, einen Dachs, tot im Salon auffindet, steht sein Leben Kopf. Denn plötzlich wird er verdächtigt, der Mörder zu sein! Um seine Unschuld zu beweisen, begibt er sich mit seinem besten Freund Gilbert und einer Reisegruppe ins Menschenland, um den wahren Mörder aufzuspüren …

224 Seiten, ISBN 978-3-96428-056-5

Die Presse

Ein spannender Krimi, reich bebildert. Ute Wegmann, Deutschlandfunk, Beste 7

Das Buch hat alles, was unterhaltsame Krimis ausmacht: Spannung, unschuldig Verdächtigte, gemeine Schurken, gewitzte Detektive, wobei häufige Cliffhanger am Ende der 17 Kapitel das Lesevergnügen zusätzlich vorantreiben. Sabine Mähne, Der Rote Elefant

Neben einem klug komponierten Spannungsbogen, feinem Humor und den stimmungsvollen, an die Ästhetik des Film Noir erinnernden Illustrationen von Antoine Ronzon hat ›Jefferson‹ noch eine klare Botschaft: Im Rahmen der Ermittlungen wird der Umgang mit Tieren kritisch hinterfragt. [...] Ein Kinderkrimi, der unterhält und zum Nachdenken über die Beziehung von Mensch und Tier anregt. Marlene Zöhrer, 1001 Buch

Dieses Buch verschmilzt auf rund 220 Seiten eine spannende, dezent ironisch präsentierte Detektivgeschichte mit einem unmissverständlichen Angriff auf Massentierhaltung und die Bedingungen in Schlachthöfen der Gegenwart. [...] Kaum ein anderes Thema [könnte] aktueller sein, das dürfte den Reiz der Lektüre nicht nur für junge Leser zusätzlich erhöhen. [...] Im Detail elegant formuliert und zurückhaltend mit Bleistift illustriert, die humoristischen genauso wie die dramatischen Situationen. Michael Schmitt, SZ

Besonders gefallen hat mir, dass es um Freundschaft, Gemeinsamkeiten, Mitgefühl und Zusammenhalt geht. Für mich hätten es noch mehr von den schönen Illustrationen sein können. Ziva Seifert, 9 Jahre, DER KINDERSPIEGEL in DER TAGESSPIEGEL

Dieses Buch ist unter dem Titel *Jefferson fait son mieux*
zuerst 2022 bei Gallimard Jeunesse, Paris erschienen.

Aus dem Französischen von Edmund Jacoby

Printed in Czech Republic
ISBN 978-3-96428-149-4
www.jacobystuart.de

FSC www.fsc.org
MIX
Aus verantwortungsvollen Quellen
FSC® C014138

Dies Buch ist auf Papier gedruckt, für das nur Holz
aus nachhaltiger Forstwirtschaft verwendet wurde.

Klimaneutral
Druckprodukt
ClimatePartner.com/13916-1911-1001

All unsere klimaneutral gedruckten Novitäten und Nachdrucke
finden Sie auf Climatepartner.com unter Angabe der ID 13916-1911-1001.
Hier erhalten Sie auch Einblick in die Waldschutz-Projekte,
die wir mit Ihrer Hilfe unterstützen.